中公文庫

田端文士村

近藤富枝

中央公論新社

目次

はじめに

東京府下北豊島郡滝野川町字田端《たばた》は、明治の末には一面の畑であり、何の変哲もない田舎町にすぎなかった。

しかし上野美術学校と台地続きであったため、美術人の住まう人が相つぎ、大正のはじめにかけては、美術村の観があった。

さらに大正三年、東台通りに芥川龍之介一家が移ってくるに及んで、田端は俄かに文士村と化し、作家の往来が目立った。ことに芥川の書斎澄江堂は、彼を慕う新進たちで賑わった。そして龍之介を囲繞する文士文人群と美術家群との間に、大正期特有の人情豊かな濃密な交流がはじまった。

また犀星《さいせい》、朔太郎の「感情」、中野重治、堀辰雄らの「驢馬」創刊なども、この地で行なわれている。〝詩のみやこ〟とさえ犀星は誇った。

田端在住の人物には、まず作家、詩人に、芥川龍之介、室生《むろう》犀星、萩原朔太郎、瀧井孝作、福士幸次郎、久保田万太郎、中野重治、窪川鶴次郎、堀辰雄、平木二六《ひらきじろう》、西沢隆二（ぬやまひろし）、宮木喜久雄、佐多稲子、押川春浪、小林秀雄、菊池寛、片山潜、平塚らいてう、土屋文明、太田水穂、四賀光子《しがみつこ》、山田順子等がある。

また画家、彫刻家、工芸家などには、板谷波山《はざん》、香取秀真《ほつま》、小杉未醒《みせい》（放庵）、堆朱楊成《ついしゅようぜい》、山本鼎《かなえ》、倉田白羊、森田恒友、村山槐多《かいた》、小穴《おあな》隆一、吉田三郎、満谷国四郎、山田敬中、北村四海、岩田専太郎、田辺至、吉田白嶺、木村武山、北原大輔、小山栄達、国方林三、柚木久太、池田勇八、池田輝方・蕉園夫妻、寺内萬治郎、建畠大夢、高見沢路直（田河水泡）達などがある。これらの芸術人の所属は官展系、二科系、春陽会系と三ツ巴であったが仲良く住まっていた。またこのなかには秀真、未醒、槐多のごとき、プロ級の歌人、詩人がいるのが特色である。

その他田端芸術家のパトロンであった鹿島組の鹿島龍蔵《かじまたつぞう》、テニスの針重敬喜、芥川の主治医であり文人であった下島勲《いさおし》、やはり芥川の恩師であった府立三中（現両国高校）校長、広瀬雄なども住み、この狭い台地に多彩な人材があふれていたことに驚くのである。

大正時代の田端は東京の郊外で、坂の多い地形はおのずから雅致ある風景を随所に展開した。台地の裾を流れる藍染川（愛染川）には、蛍がとび交い、梅屋敷の森には、雉も棲んでいた。アトリエ付の家がところどころにあり、白いエプロンをかけた女給のいるカフェーや、モダンなパン屋もあって若々しかった。

この田端の風土と人脈は、近代文学史に一線を画す芥川文学の背景であり、かつ大正から昭和への文学胎動も、この地に一典型を認められることにきづくのである。

田端は筆者が幼年時代から四分の一世紀を過したふるさとである。それ故に、田端文士村の存在を世に知らせることは、筆者の長年の願いであったことを、つけ加えておきたい。

東京田端

時雨に濡れた大木の梢。時雨に光つてゐる家家の屋根。犬は炭俵を積んだ上に眠り、鶏は一籠に何羽もぢつとしてゐる。庭木に烏瓜の下つたのは鋳物師《いもじ》香取秀真の家。竹の葉の垣に垂れたのは、画家小杉未醒の家。門内に広い芝生のあるのは、長者鹿島龍蔵の家。ぬかるみの路を前にしたのは、俳人瀧井折柴の家。踏石に小笹をあしらつたのは、詩人室生犀星の家。椎の木や銀杏の中にあるのは、——夕ぐれ燈籠に火のともるのは、茶屋天然自笑軒。

時雨の庭を塞いだ障子。時雨の寒さを避ける火鉢。わたしは紫檀の机の前に、一本八銭の葉巻を啣《くは》へながら、一游亭の鶏の画を眺めてゐる。

芥川龍之介　随筆「続野人生計事　十四」

第一章　夫婦窯

飛鳥山焼

陶芸家板谷波山は、芸術村田端の元祖とも言いたい人である。もし彼が、ここ西台通り五一二番地に窯を築かなかったら、果して絢爛たる才能の主たちが、後にあれほど集まっただろうか。

波山がいなければ、鋳金家の香取秀真《ほつま》はこなかった。従って、芥川龍之介と秀真との親密な関係は生まれず、田端の美術家グループと文学者グループとが、交流する端緒は開けなかったかもしれない。

もう一つ見逃せない発見がある。

波山と彫刻家吉田三郎との師弟関係である。吉田なくしては室生犀星《さいせい》は田端には住まず、この地を詩の殿堂にはできなかったであろう。

波山が陶芸家として独立すべく、田端駅から歩いて五分の高台にバラックを建てて移ったのが、明治三十六年十一月三日であった。あたかも、田端池袋間の豊島線が、その年の四月一日に開通している。

波山がこの地に居を定めたのは、母校である東京美術学校のある上野と近く、窯業に適した閑寂の地だったからである。高台の崖に立つと、郷里下館で日夜仰いだ筑波山が遠く見える。これまで彼は下館を流れる勤行《ごんぎょう》川からとって勤川と名乗っていたが、このときから波山と改めた。

いまも田端の旧地に住む波山の四男で、明治四十年生まれの松樹《まつき》の幼い目に焼きついている田端の印象は、一面の菜畑と桃林で、夢のように美しい村だったという。谷田川（藍染川）が田端台地の裾を西から東へ、清めるように流れていたが、もちろんここは子どもたちの小魚すくいの楽しい遊び場だ。そしていつも、百姓娘が葱や大根などを洗っていた。

また、一枚の絵が板谷家の応接間にかかげられてある。横山大観などとともに、東京美術学校彫刻科第一回卒業生であった大村西崖の描いた、水彩の田端図だ。裏には明治三十七年一月十日午後三時と誌されてある。これは板谷家に南面している、現在の神明町方面を描いたものであるが、茫々とした原とより形容できない冬景色である。おそらく畑の中にぽつんと一軒、板谷家が建ったのだろう。

江戸時代は、この地は武州豊島郡田端之郷といわれ、戸数三六の外に七つの寺院があり、この地域一帯は幕府の御料地で、東叡山領として寛永寺に年貢米を納めていた。元禄のころから野菜の産地として発展し、中でも大根と里芋はこの地の特産物であったという。その後、明治の初期になると北豊島郡田端村と変り、戸数一四八となった。明治二十一年四月一日に田端・中里・上中里・西ケ原・滝野川の五ヵ村が合併し、村名を滝野川とすることになった。

五ヵ村合併後の滝野川村の人口がふえ出すのは、明治四十一年ごろからである。それでも

一三、八五八人を数えるのみ、というのであるから、板谷家移住のころの田端村の田園ぶりが想像できるだろう。この少しあとに、野上龍起という亀の子を作ることの上手な鋳金家が、田端に移ってきた。夫人が動坂へ夕食の菜を買いに出ると、畑道でたびたび狐に魚や油揚をさらわれるので困った、という話もあるくらいである。

さて板谷波山は本名を嘉七といい、明治五年茨城県下館に生まれた。明治二十七年二月に、東京美術学校彫刻科を卒業している。三回生である。実は波山は入学のとき、彫刻よりも陶磁の勉強をしたかったのだが、開設間のない美術学校にはまだ陶磁科がなかった。ついでながらいうと、油絵科もなかった。絵画科があったが、岡倉天心の采配をふるう日本画修業の道がひらかれていただけである。なお、波山が陶磁に関心を持ったのは、醤油醸造と雑貨の商いを業としていた板谷家の両親が、茶道をたしなみ、日ごろ陶器を大切に扱うのを見ていたからだという。

大正初期の下田端風景

美術学校卒業後の波山は、しばらく美校受験のために作られた開成予備校で彫刻を教えたり、芝の攻玉社中学校女子部で図画を受け持ったりしたが、明治二十九年に金沢工業学校（のちの石川県工業学校）の彫刻科主任となって赴任した。これは前任者の白井雨山（美校一回生）から、「君は焼物が好きだからおれの後任にこい。木彫の隣が陶磁科の教室だから」

と、いわれたからである。金沢は九谷焼の本場なのでそれも魅力だった。月給ははじめ三十円だったが、毎年五円ずつ昇るので、物価の安い金沢では生活が楽であった。

そのうち工業学校の彫刻科が廃止となり、板谷は帰京するつもりだったが、陶磁科の先生になるように校長からすすめられた。もともと好きな道なので、赴任以来、折にふれては勉強していた焼物に、本腰を入れることになった。

以来、金沢はもとより京都、瀬戸、名古屋、三重あたりまで窯の見学にゆき、文献をあさって薬や顔料の研究を重ね、実験的に焼いて辛酸を重ねた。そして変った色を発見したり、新しいセンスの図案を考案したりして九谷の製陶業に大いに貢献した。

研究をすすめているうちに、ようやく焼物で立つ自信が生まれた。金沢の人情は暖かく、生活は楽で離れ難かったが、この際上京して、自身の窯を築こうと決意する。周囲はその辞職を惜しんだが、ついに明治三十六年八月、金沢を出立した。三十二歳であった。

窯を築くのに先立つものは資金である。波山は郷里の実家へ行き、跡をとっている姉婿に援助を頼んだが、聞き入れられず、工業学校の退職金、二百三十円だけではじめることにした。しかし、その金で知人の大工に雨露をしのぐに足るバラックを建ててもらったら、七十五銭より残らなかった。

このときすでにまる夫人との間には、百合子、菊男、佐久良の一女二男があったのだから、生活は大へんである。東京高等工業学校窯業科の嘱託となって週二回教え、三十五円の給料をもらうことができたが、生活は手いっぱい。窯を築く費用は友禅染の下図を描いたり、写生教材にする石膏像をつくるなどして、捻出しなければならなかった。

波山がやっと築いたのは、三方に焚口のある洋風の倒焔式丸窯であった。それも食事を節し、夜おそくまで内職した金でチビチビと、煉瓦を買い足し買い足しして築いたのである。尾久から夫が荷車をひき、妻が後押しをして煉瓦を運び、またこれを扇形に切る作業までした。

この無理な仕事で、夫妻の指は皮がむけ、血が滲んだ。窯の完成まで一年三ヵ月もかかったのは、全く資金難のためであった。このときの夫人の労苦を知っている世間では、この窯を夫婦《めおと》窯《がま》と称したくらいである。

明治三十九年に、待望の初窯点火が行なわれた。このときも途中で薪が何度も足りなくなり、雨戸まで割ってくべるという苦しみ方だった。が、波山

波山が田端に築いた窯

夫妻の苦闘は報われ、初窯は大成功であり、作品は波山焼と名づけられた。

そのうち一点が、美術収集家として有名な益田男爵の手もとに、また一点が美術学校におさめられた。

ところが明治四十年、第二回目の窯は、火をとめてから三分後に地震がおこり、完全な作品は、「窯変瓢型花瓶」一点だけよりなかった。しかし残りの作品のなかにも、手を入れれば売ることのできる作品がないではなかった。だが波山は、まる夫人の止めるのもきかず全部こわしてしまった。こうしたはげしい作家精神が、波山の作品の、闌《た》け高くきびしい美しさとなって現われずにはいなかった。

また、気が向かなければ仕事をしないのも、波山式であった。

このころ少しでも生活の足しにしたいと、花見用の徳利と猪口を売り出すことにした。白釉・黄釉をかけた、きりっとした端正な形の作品ができ、飛鳥山焼と銘を入れた。徳利二十五銭、猪口五銭である。これを田端駅表口を出て、だらだら坂を登ったとっつきにある露月亭という茶店で売り出した。露月亭の通りは上野から飛鳥山へ通じる道で、花どきになると、ぞろぞろ行楽客が行列となっていくのが、板谷家から眺められたからである。しかし、飛鳥山焼は少しも売れず、波山の生活はいよいよ窮乏を告げた。

その上、明治三十七年の秋には三男紅葉が、また四十年春には、松樹、梅樹の四男五男が生まれている。当時、板谷家では全員が、冬着ていたきものの裏をはがして夏に用い、また冬がめぐってくると裏をつけて着る、という苦しさであった。

百合子や菊男が学校にいくようになっても、足袋など寒中でもはけなかった。すいとんばかりで三日も過し、見かねたまる夫人の郷里から米俵が届いたときは、子どもたちは泣いて喜んだという。しかし当の波山は、貧しさなど全く気にとめないのである。子どもたちには花や木の優しい名を与え、それが何よりのプレゼントだと思っている。

なお明治四十年代波山家から徒歩五、六分、田端上八幡の近くに、片山潜がひそかに隠れ住んでいた。潜の子が波山の長男菊男と同級生であった。

吉田三郎

そのころ田端名物は、板谷家の夫婦喧嘩であった。もともとまる夫人は共立女子職業学校に学び、社会事業家の瓜生岩《うりゅういわ》の内弟子であった。卒業後は若松で会津女子職業学院を創設し、裁縫や刺繍などを教えていた女性なので、独立心が旺盛だった。日本画をよくし、玉蘭という雅号を持っている。ひたむきな性格だったので、そのため、なにかと夫といがみあった。

明治四十三年八月になると、田端四三三番地に、鋳金家の香取秀真《ほつま》が日暮里花見寺前より移ってきた。これは秀真が新しい仕事のために広い場所を求め、波山のいる田端へきたのである。そこでまるると争うと、波山は家をとび出して、香取家に難をさけるようになった。波山の家を出る姿が香取家から遠く見え、

「あ、また夫婦喧嘩だ」

と秀真は笑った。そのくらい田端は野っ原だったのである。板谷家の喧嘩は、波山の芸術家気質や生活難もあったが、美男の波山がもてるので、まる夫人がやきもちを焼くことも多かった。田端時代こそつぎだらけのもんぺをはいていたが、美校生時代は、元禄風のはで姿で学校へ通ったこともある波山だった。シャボンはフランス製、オーデコロンをいつもつけていた。コスメチックを日本で最初に輸入したのは、波山だといわれている。

また彫刻で腕を作り、それを持って吉原をひやかした。おいらんに力まかせに偽腕をひっぱらせ、その腕をおいたまま波山が逃げ、相手を驚かせて得意がったといういたずら者でもあった。

金沢時代も伊達男で、波山がいい匂いをさせているのが慕わしくて、いつもあとをつけまわったと、石川県工業学校の窯業科生徒だった吉田三郎は後年回想している。

吉田三郎は明治二十二年に石川県金沢市長町六番丁に生まれている。吉田家は代々前田藩の作事奉行を務めた家柄で、明治になってから一家は建築業を営んでいた。兄弟で一人だけは欄間の彫りのできる者がなければならないというので、上京して東京美術学校の木彫料に入学した。同級生には九歳年長の建畠《たてはた》大夢《たいむ》、北村西望《きたむらせいぼう》があり、同年の斎藤素巌《そがん》がいた。彼らは明治四十五年に卒業してからは轡《くつわ》を並べて官展で活躍し、賞をわけあった。しかも西望は滝野川西ケ原に、大夢と素巌は田端で、ともに住居も近かったのである。

しかし吉田の友人としては、その他に金沢からともに上京して美術学校に入った田辺孝次、

飛鳥山焼盃（明治42年ごろの作）

幸崎伊次郎などがいた。前田百万石の城下町であった金沢は、土地を挙げて美術愛好家が多く、

「あすこの息子がいくなら、うちの子もやろ」

と美術学校へ、簡単に進学させる家庭が多かったのも面白い現象だ。田辺はのちに美術評論家になり、幸崎は頭を悪くして挫折した。

また畑こそ違え、室生犀星の名をここに逸するわけにいかない。彼らはともに犀川で泳ぎ、河原で相撲をとった仲間だったからである。

犀星の初上京は明治四十三年五月、二十一歳のときである。彼はその自叙伝のなかでこのときのことを、

「新橋駅に降りた私はちひさな風呂敷包と、一本のさくらの洋杖を持つたきりであつた。風呂敷包のなかには書きためた詩と、あたらしい原稿紙の幾帖かがあるきり、外に荷物なぞはなく、ぶらりと歩廊《プラットホーム》に出たとき眼にはひつたものは、煤と埃でよごれた煉瓦の色だつた。そのため構内はうすぐらく、東京に着いた明るい感じなぞはしなかつた。そのころ東海道は新橋が行きとまりになり、新橋が東京の大玄関だつた。美術学校の二年生である田辺孝次と幸崎伊次郎、それに吉田三郎が迎へに出てゐた……」

と書いている。

またその後の吉田との交流を犀星は、

「当時、私は家庭から仕送りがなかつたから、三郎さんを訪ねることは電車賃を借りるか、本を借りるか碌な訪問ではなかつた。君はまた電車賃がほしいのかと彼は単的にさういつて、貸してくれた。

電車賃をかりることはそれは電車賃といふ名義で、夕食とかミルク屋にはひる金もふくまれてゐて、借り手の体裁と名誉のために、電車賃といふ概略の用件で事が便じられてゐた。いかに貧乏学生といふ者の名誉がうまく保護されてゐたかが判る——三郎さんは下宿のをばさんにそれを借りに二階から下りてゆくこともあつた。三郎さんも余分の金は持つてゐなかつたのである」

とも回想している。

のちに大正五年になって犀星は、田端一六三番地沢田方に居を定めた。ここは吉田三郎の下宿とは歩いて、四、五分であった。そして萩原朔太郎とともに犀星の行なった詩誌「感情」の三号以降の発行所となった……。この家で彼はまた『愛の詩集』を処女出版し世に出るが、その後、小説家としての文壇登録もこの地が出発点である。ともあれ、昭和三年までの田端での彼の生活、田端での詩活動は、吉田三郎との交情なくしては存在しなかったかと思われる。

その吉田は波山を慕って、美校時代板谷の家の近くを転々と下宿していた。そして結婚し、昭和三十七年に死ぬまでの五十年を田端で暮らし、いまも夫人と嗣子が旧居一〇五番地を守っている。吉田の美術学校時代からの師や先輩は多かったが「先生」と敬称をつけて呼んだのは、工業学校時代の板谷波山と青木外吉のみであったと当人が告白している。とくに波山からはその旺盛な研究心と芸術精神を深く学んだようである。

が、吉田が板谷家に親しんだのは、それだけでなく、波山の長女百合子（明治二十九年生）に好意以上のものを感じていたせいだったらしい。百合子は府立第一高女を卒業し、美人だったために求婚者も多く結局一高から東京帝国大学文科大学を出、中国文学を専攻した手塚宏寿《こうじゅ》のもとへ嫁いだ。板谷家の子弟はとうとう一人も父の跡をついだ者はなかった。これは芸術の道が厳しく報われることが少ないので、そんな生活を与えまいという、波山まる夫妻の親心だったのだろう。多分吉田へ嫁がなかった百合子の心情にもそうした背景があったのだろう。吉田は間もなく郷里から美しい沢夫人を得、このことによって師弟の交情は少しも傷つかなかった。

老いらくの恋

さて、筆者の小学生時代の遊び場の一つが、板谷家のある横丁だった。通っていた滝野川第一小学校に近かったし、板谷家の隣家に牧俊高という能人形の木彫家がいて、その次女の静江さんと同級生だったからである。また横丁のどんづまりには、やはり彫刻家の国方林三の家もあった。私は連日のように牧家を訪い、若い修業人が木屑のなかで一心に彫っている仕事場をすりぬけて静江さんの部屋へ通ったものだった。

かくれんぼするときは、道路のきわの板谷家の干し場がかっこうの場所であった。植木棚のように段が作られてあり、さまざまの形のろくろで廻した水びきの壺が並ぶそばをはねまわるので、白い上っ張りを着たおじさんにたびたび叱られた。

私は長い間これが板谷波山その人と思いこんできたものだが、松樹さんの注意と現存の写真を見て、彼は明治四十三年から波山の全作品のろくろ廻しを行ない、昭和三十八年交通事故で七十九歳の生涯を終えるまで、波山に仕えて、その片腕となっていた現田市松であることを知った。

夫婦喧嘩がエスカレートすると、まるは波山に食事を出さなかったので、そんなときは現田市松が仕事場で米を炊き、波山に食べさせた。また現田は動坂の谷田橋通りに、妻に瀬戸物屋を開かせていた。もっとも九谷ものが中心で、商品が上等すぎて、いつも店はひっそりしていた。

波山の趣味はただ一つ尺八吹奏であった。これは金沢時代からである。ある夜泥棒が波山の家を窺《うかが》い雨戸をこじあけようとした。ところが隙間だらけのボロ家なので、波山はじきにそれに気づき、その側にきておもむろに尺八を吹き出したところ、びっくりして遁走したという話がある。

同じ田端の高台にT子という琴の師匠があり、まだ名を成さないころの波山とときどき合奏をした仲であった。T子との交際が、戦後、それも波山がすでに八十歳を二つ三つすぎた翁になってから再燃した。T子も琴曲教授として一家を成し、老いてはいたが美しいひとであった。この色模様は波山老いらくの恋といわれて、高台の美術家仲間では評判であった。仲介が吉田三郎である。T子から吉田家に電話があり、主人自らが波山邸にあいびきの場所と時間を知らせにいった。

吉田自身は美しい夫人を持ったせいもあり、外遊時代さえ品行方正で通り、枯山寒巌居士という綽名のある人だった。昭和三十年には日本芸術院会員となって彫刻界の元老格だったのだから、相手が師とはいえこの恋の仲立ちは少々気の毒な気がする。が、これがまたモーレツなまる夫人の嫉妬をあおった。かくて板谷家の夫婦喧嘩は老いてますます盛んであった。

明治41年頃の波山一家

波山の近代工芸界へ残した足跡は大きいが、何といっても香取秀真などとともに帝展に第四部として工芸部門を置くために、営々と努力したことを挙げなければならないだろう。これを認めさせるためには、自身も第一級の作品をぜひ生む必要があり、一層腕を磨かねばならなかった。大正十二年からすでにこの論議はさかんに行なわれていたが、実現を見たのは、昭和二年である。このとき発足に当り、審査委員として選任されたのは、赤塚自得《じとく》（漆芸）、板谷波山（陶磁）、香取秀真（鋳金）、清水亀蔵（彫金）、清水六兵衛（陶磁）、津田信夫（鋳金）の六名であった。また昭和四年波山五十六歳のとき、秀真と二人だけが帝国美術院会員となった。文句なし陶芸界の第一人者の地位を得たのである。ことあるごとに波山と秀真は連れ立って出かけた。ために、「田端から白足袋二人」と囃され、香取家の近くに住む第二十代堆朱楊成を加えて白足袋三人組と称された。

波山の陶芸の美は玲瓏たる気品にあった。その芸に魅された人は数多く、出光佐三《いでみつさぞう》もその一人で、現在波山作品の多くが出光美術館蔵となっている。

また板谷家の書生に鷹巣豊治という人がいた。有田の窯屋の出身で波山の仕事を手つだいながら東京美術学校の日本画科を卒業した。波山は貧乏だったが、よく他人の子弟の世話までひきうけたのである。この鷹巣の友人に、同じく日本画科出身の北原大輔があり、波山芸術に傾倒したが、このことは後述することにしよう。

波山は昭和二十八年、文化勲章を受けた。このときも香取秀真といっしょであった。日本の工芸界でははじめての名誉である。この年波山の出身地である下館の小学校に、吉田三郎制作になる温容をたたえた波山像が建立されている。その吉田三郎は昭和三十七年師に先立って脳溢血で逝っている。七十三歳であった。倒れる前日も板谷家で夜おそくまで師弟は歓談をしていた。悲報にかけつけた波山は「なぜ死んだ」と慟哭した。また、さしもいさかいの激しかった波山、まる夫妻だが、夫人は昭和三十三年に八十九歳で逝き、波山はこれにおくれること五年、昭和三十八年に九十一歳でなくなり、いまは仲良く、田端大龍寺の墓の中でいっしょに眠っている。

第二章　未醒蛮民

ポプラ倶楽部

芥川龍之介は大正三年十一月三十日、田端へ越してきて一ヵ月目に、近況と田端の模様を知らせた手紙を、京都に住む一高時代の親友恒藤恭に出している。そのなかで、

「近所にポプラ倶楽部を中心とした画かき村があるだけに外へ出ると黒のソフトによく逢着する逢着する度に芸術が紺絣を着てあるいてゐるやうな気がする」

と漱石ばりの文章で皮肉っている。さすがに芥川だ。彼はこの田端の先住民族の中心に、いちはやく目をつけて、親友に報告をした。

小杉未醒

田端の美術家といっても、いろいろの派がある。波山や秀真などは職人肌で、はでに人とつきあうことをつつしんでいる。

ところが小杉未醒《みせい》を大将とする太平洋画会の一派ときたら、あくの強い暴れ者ぞろいだ。酒を飲み、組み打ちすることばかり考えている。それがヨーロッパへ洋画修業にいき、あちらの画家たち

がクラブを作りテニスをし、優雅に談笑している姿を見て、すっかり感心してしまった。

明治四十一、二年のころだ。石川寅治、満谷国四郎、吉田博、それに未醒などのお歴々が瀬戸内海のスケッチ旅行をし、一行の画と紀行文を集めて上梓し、相当の印税を得た。

「これだよ。この金でアレをしようよ」

未醒が発案して自分の家の近くをさがし、三百坪ほどの地所を借りた。滝野川第一小学校の近くで、隣は講談社社長野間清治邸で、梅屋敷という広い庭園である。これならどんなに酒を飲んで騒ごうと、文句のくるきづかいはないと、一同安心する。山本鼎、倉田白羊、森田恒友、みんな加入した。彼らは田端の住人である。彼らがそろって地ならしをし、空地にテニスコートを二面作った。ネットを張りテニスをする。未醒をはじめ、生まれてはじめてラケットを握るのだから大変なさわぎ、美術学校でテニスの選手だった藤井浩祐がひっぱり出されて、教授役となった。

そのうち小さなクラブハウスも建ち、運動に不得手な連中は碁、将棋に興じたり、謡をうなるもの、相撲をとるもの、撃剣をやる者など、大変な賑わいになった。月に一度は講師を招いて、むずかしい話も聞き、そのあとは飲めや歌えの大騒動が隣の森にこだまするのが習わしとなった。

クラブ員のなかに、小豆島の出身者がいた。郷里からポプラの苗を送らせて、垣根代りに地境いに植えたものだ。これが大正三年のころには結構大樹となって威風堂々と行列していた。

梅屋敷には雉が棲み、ときどき雉が越境してきて、コートの審判台に止まるのも、ご愛嬌であった。また夜は梟が隣の森で鳴いた。

ポプラ倶楽部の近くに天狗倶楽部というのがあった。こっちは押川春浪という作家が主宰している。彼は巌谷《いわや》小波《さざなみ》を中心にした「木曜会」の出身だが、冒険小説が得意で、「武侠世界」を発行していて、当時の少年たちの人気者だった。小杉は天狗倶楽部の会員でもあり、この会も野球、相撲、テニスなどを楽しんでいたから、いつかポプラと合流するようになった。

そのうちこの合流組がさかんに他流試合をするようになった。これには天狗倶楽部の針重敬喜が後楯であった。針重は早大出身のテニスマンで毎日新聞に勤めたことがあり、このころは「武侠世界」の主筆であった。やがてポプラ倶楽部は軟球から硬球にうつり、美術人の親睦機関というよりは、テニスのデ杯選手の養成所のような感じになり、美術家連の影がうすくなった。そのなかでたった一人だけ、ガンとしてしりぞかない画家がいた。小杉未醒である。

大正六年九月二十四日

クラブにて婦人の友社と試合、ポプラ針重小杉組残り、先方も一組残り、暮れて引分け。

同　十月二十三日

対美術学校試合、清水二見組、藤井西谷組、針重小杉組優退《ママ》にて大勝。

といった記録が、『ポプラ六十年』に残っている。未醒の得意や思うべしである。ザワザワと風にそよぐポプラ、ポンポンとのどやかな球の音。ポプラ倶楽部はそのころ田端の牧歌的な景色の代表であった。

詩人の平木二六が、この倶楽部の番人をひきうけていたのは、大正十一年の秋から、一年余りである。

室生犀星の随筆「女ひと」には、

「恰度いまから三十何年か前、私は田端に住んでゐて近くのポプラ倶楽部に、平木二六といふ詩人が間借りをしてゐたので、私は用事を託みによくたづねたが、夏の或る夕方、平木の宿に二人の男がたづねて来てゐて、もう帰りらしく表の通りで何か立話をまだ続けてゐるのに、出会した。二人ともアナキストといはれる詩人達だつたが、平木が紹介しないので話はしなかつた。そしてかれらのそばからやや離れた塀ぎはに、一人の女の人が着物の肩先と袂の角ばつた浴衣がけの白くぼやけた姿で佇ち、もうろうとしてゐるのが見えた。二人の詩人のどちらかの女らしく、こんなに控へ目にはなれて立つてゐるのが私の注意をひいた。後で平木二六はあれは林芙美子といふ女詩人ですといつたが、私はその名前を同人雑誌か何かで見かけたくらゐで、たしかな、おぼえはなかつた」

という形でポプラ倶楽部が登場している。

アナキスト詩人の一人は、もちろん野村吉哉だろう。

大正十一、二年ごろ室生の住んでいた田端五二三番地の家から、このポプラ倶楽部の正門まで、歩いて五、六十歩という近さにあった。平木二六は室生犀星の最初の弟子で、犀星が小杉未醒に頼みこんで、番人に採用してもらったのである。また東台通りに住む芥川は、倶楽部には縁がなさそうだが、室生の隣には、彼の府立三中時代の恩師、広瀬雄が住んでいたので、自宅から広瀬家へ通う道筋に当っていたから、彼の日記や書簡に登場するのも当然である。

ポプラ倶楽部の傍に、馬の彫刻で名高い、池田勇八という帝展作家が住んでいた。ここには大きなコリーがいて、犬の嫌いな芥川は門前にその姿をみると、あわてて道を変えなければならなかった。

いま、ポプラ倶楽部のあとは、田端保育園になっている。

反戦画家

未醒の家の近くに、田端名物の赤紙仁王さまがある。東覚寺門前に立つ阿吽《あうん》一対の高さ二メートルほどの石の仁王さまで、昔から、からだの悪い者が、仁王さまの像に、自分の悪い個所と同じところに赤紙をはり、平癒を祈る。病気がなおったら新しいわらじを上げてお礼参りをするという慣わしがあった。

東覚寺には蜀山人《しょくさんじん》の狂歌を彫った竹形の石塔があるが、この方はいっこうに知られない。

しかし、からだ中に色紙型の赤紙をべたべたとはられている仁王さんは愛嬌があって、人気があった。

ある晩、酔った未醒と針重敬喜とが、闇にまぎれて仁王さんをひっくり返してしまったのだ。二、三日経って三、四人の職人が苦労してもとの座になおしていると聞き、未醒は、

「どうしてあんな重いものが、針重と二人でひっくり返せたのかしらん」

と首をかしげた。こんな無茶をチョクチョク実行していた未醒であった。

未醒がはじめて田端へ下宿したのは明治三十四年、二十歳の画学生のときだった。藍染川畔に八百熊という大きな八百屋がある。この家の本家が、店の裏に画学生相手の下宿を経営していた。その一室に入ったのである。

未醒が通っていたのは旧派洋画の牙城であった小山正太郎の不同舎であった。同期には、青木繁や荻原守衛《おぎわらもりえ》がいた。

日光の山奥から出てきた未醒は、山猿のようにすばしっこくて、青木繁でもなげとばして、

「どうだ、あやまれ」

という元気者だった。そこを見こまれ、小山の推薦で国木田独歩の「戦時画報」の従軍画家になり、京城に特派された。明治三十七年、日露戦争が勃発したのだ。

彼が好んで描いて送ってきたのは、倒れたロシア兵の屍を数匹の狼がかぶりついている図だったり、戦友の墓標に花を捧げる兵士の姿だったり、反戦の色彩の強いものであった。描いた未醒も未醒なら、だまってのせた独歩も独歩である。明治三十七年十一月に蒿山房から

東覚寺門前の赤紙仁王

刊行した「陣中詩篇」のなかで未醒は大いに反戦を謳いあげ、与謝野晶子の詩「君死に給ふことなかれ」以上だといわれたものである。

このはっきり物を言う勇気に、まず独歩が未醒に惚れこんだ。

明治三十九年に同郷の許婚者相良愛と、独歩の仲人で結婚した。その費用は、独歩が「中央公論」に書いた小説の稿料を使ったというのだから、いかに独歩に愛されていたかがわかる。

翌年、田端一五五番地に家を新築した。家作二軒までもつけて、妻の実家で建ててくれたのである。小柄で目の細い春夫人は賢かった。未醒に新聞社勤めの話があったとき、「画が描けないと困るから」といって断らせた。これは晩年未醒が友人たちと信州へ旅行にいったときの話だが、腹が痛くなり大さわぎになったことがある。医者がきて浣腸して、やっとおさまったが、あとで、

「家へ帰ってかあちゃんにしてもらいたかった」

と未醒が呟くので、大笑いになったという。

さて明治四十年は第一回文展の開かれた年だが、多岐に分派され、対立の激しかった日本画界と、洋画界が一応、統括された形となった。また雑誌「方寸」が石井柏亭、山本鼎、森田恒友などによって創刊され、未醒は倉田白羊、坂本繁二郎、平福百穂とともに同人になった。スケッチ、マンガ、エッセイ、詩や小説もあるというザン新な美術雑誌だった。これには北原白秋や、木下杢太郎《もくたろう》も加わっていた。

鼎、白羊、未醒、森田は田端に住まった。石井柏亭は田端と道一つ距てた渡辺町の住人。新しい芸術ののろしは田端の空にまず打ちあげられたのだ。田端は日本のモンマルトルだと彼らは考えていた。電話もなければ電車の本数も少ない時代である。どうしても「方寸」のようなまとまった仕事を協同でするのには、互いの家が近くなければ不便だった。こうして田端は画家の巣になった。

「田端に一度も住まなかった画家は少ないだろう」

という人も、あるくらいである。

文展第五回で二等賞（文展には一等賞がない）を得た未醒の「水郷」は舟のへさきで魚網をあしらう漁夫を描いた生産的な画面で彼の代表作となった。そのせいか大逆事件の起きたときは、警察のブラックリストに未醒がのっていたという話が伝えられている。翌年未醒は文展無鑑査の地位を得た。

老荘会

大正二年から三年にかけてヨーロッパを旅した未醒は、帰朝後はかねての約束にもとづいて、横山大観の「日本美術院」再興にはせ参じ、その洋画部を独力で切りまわすことになる。日本画の大観と未醒の結びつきはまことに唐突だが、これはある日、はじめて逢った大観に未醒が喧嘩を吹きかけ、面白がった大観が翌日彼を旗亭に招待して、鯨飲議論の果に、意気に感じて同盟したのであった。

未醒の振る旗のもと、日本美術院の洋画部に「方寸」グループが順次参加したが、結局この結合は無理だった。大正九年になり、同人の連袂《れんべい》脱退となり春陽会創立の道を歩んだ。未醒ときに清新の傑作をものし、ときに蛮力を振って画壇台風の眼となり、田端の小杉家は画人の往来が激しかった。

未醒と芥川との初会見は、未醒の日記によると大正七年六月二十二日で、

「交換晩酌会　芥川龍の介に会ふ」

とある。この交換晩酌会は未醒主催のものかどうかは不明である。

ともあれ未醒と龍之介の交際はひらけた。そして龍之介が大正十年三月中国に旅立つときは、事前に未醒に逢って種々の助言を受けている。そのときのことかどうかわからないが、

小杉家の女中がたずねてきた芥川龍之介を、呉服屋の番頭とまちがえたという話がある。しかし、さすがに芥川である。こちらは未醒との交際を通じ、ついにその本質を見誤ることがなかった。左は大正十年二月に書かれた、芥川の未醒観である。

「一昨年の冬、香取秀真氏が手賀沼《てがぬま》の鴨を御馳走した時、其処に居合せた天岡《あまおか》均一氏が、初対面の小杉未醒氏に『小杉君、君の画は君に比べると、如何にも優しすぎるぢやないか』と、いきなり一撥を与へた事がある。僕はその時天岡の翁も、やはり小杉氏の外貌に欺かれてゐるなと云ふ気がした。

成程小杉氏は一見した所、如何にも天狗倶楽部らしい、勇壮な面目を具へてゐる。僕も初対面の時には、突兀《とつこつ》たる氏の風采の中に、未醒山人と名乗るよりも、寧ろ未醒蛮民と号しさうな辺方瘴煙《へんぽうしょうえん》の気を感じたものである。が、その後氏に接して見ると、――接したと云ふ程接しもしないが、兎に角まあ接して見ると、肚《はら》の底は見かけよりも、遥に細い神経のある、優しい人のやうな気がして来た。勿論今後猶接して見たら、又この意見も変るかも知れない。が差当り僕の見た小杉未醒氏は、気の弱い、思ひやりに富んだ、時には毛嫌ひも強さうな、我々と存外縁の近い感情家肌の人物である」

と未醒に大いに親しみを感じた。

春陽会が日本美術院洋画部の代りに発足したのが大正十一年である。重要メンバーはやはり田端組で占めた。しかも春陽会会員は、二科展や官展には出品しないことになったので、以後田端村の画家たちのなかにも、官展系と二科系と春陽会系とにおのずと色分けされるようになった。

　このころから未醒は次第に日本画的な画調に変り出した。大正十四年には東京帝国大学の安田講堂の壁画を描くが、この画にもその傾向がはっきり現われていた。

　そのうち田端の未醒宅にときどき白ひげの柔和な目をした老人が顔を出し、春陽会の連中とも顔なじみになっていた。公田連太郎という漢学の大家だった。未醒は、

「せっかくこんな先生がいるのに、遊ばせておくのはもったいない」

とぶって、老荘会というのを作り、週に一回集まって荘子の勉強からはじめたものである。詩経、文選、易経の大半をやりあげ戦争で中止をした。

　会員は中川一政、岡本一平・かの子夫妻、鹿島龍蔵、木村荘八、石井鶴三、出光佐三、唐沢俊樹など、そうそうとしたメンバーだった。芥川も、その第一回だけに加わっている。

　絵は本業だがスポーツが大好きで、文章も書くし歌も作る。酒ものむが学問にも熱心で、漢詩も作る。大正時代の画家にはこうした気風が多かれ少なかれあったようだが、小杉未醒ほどの万能選手は少ないにちがいない。

　　三十になる子なれども然れども
　　釣のかへりの何ぞおそきや
　　柏戸のほがらかな顔古今集に
　　霞たなびくほがらかな顔

此山に住むと云ふなる天狗ども
あらば出て舞へわれ酔ひにたり
岩の上に高あぐらして招きなば
寄りても来べき秋の雲かな
さき立てし飲み友だちを思ひ出でて
うしろめたくも盃をみる

未醒の面目躍如たる歌どもである。

彼は、昭和四年の中国旅行のとき倉田白羊にねだり、その別号の放斎の放の字を餞別にもらい放庵と名乗るようになった。

異形の天才

山本鼎は、小杉より一歳の年少で、苦学しながら、美校の洋画科選科を首席で卒業した人物である。彼は明治四十四年に田端一四二番地に住み、その後五一二番地へ移り、大正元年に渡欧した。

パリでは満谷国四郎、柚木久太などの住む近くの下宿に暮らした。

大正三年、十八歳の村山槐多《かいた》が小杉を頼り田端へきた。彼は鼎の従弟で、京都府立一中を卒業し、画家を志して上京したのである。小杉は大正二年に渡欧し、約一年各地を見学し、パリの鼎のアトリエに寄ったが、そこで槐多の絵をみて驚いた。新しい。そのままフランス語をしゃべりそうに西洋臭い。とても中学生の作品とは信じられなかった。

「この少年は悍馬《かんば》だ。君ならあるいは御《ぎょ》せるかも知れない」

と山本から頼まれた。

槐多は美術院研究生となる。そして十月には「田端の崖」など四点の油絵を二科展に出品している。上京以来三ヵ月、風体かまわず制作に打ちこんでいたのである。田端の道を裸に近い姿で歩いている。

「おれはアマニズムだ」

といって、未醒の心配も退けるほどであった。

翌年の十月には水絵「カンナと少女」が院賞をうけた。しかし生活は窮迫し、「武俠世界」に「魔猿伝」を書いておくり、いくばくかの原稿料を得たこともあった。多才の彼は小説を書き、戯曲や詩を作り和歌もよんだ。

両親が上京し槐多は小杉の家を出るが、彼が友人と住んでいた家作の一軒は破屋になってしまった。台所の壁に、天照大神立小便図などを槐多が描いていたりしたからである。この一年余りの田端生活で、彼はポプラ倶楽部でテニスをした。格闘をするように絵に挑んだ。酒を飲み、失恋もした。

やがて槐多は、いっそう奇行がはげしくなった。二尺もある手製のパイプを持ち、シャレコウベの紋章をかいたトルコ帽をかぶって、電車にのり、活動小屋にでかけた。自分をみせものにして彼は、心中の悲しみをまぎらせようとしたのかもしれない。

みなさま土下座をなされたい
王様がお出ましだ
王様は是から浅草へ行幸だ
泡盛を呑みに

意気軒昂とした槐多も結核のとりこになり、血を吐き死を怖れない筈の彼が、

神よ
いましばらく私を生かしておいて下さい

と叫ぶ。

生きて居れば空が見られ　木が見られ

画が描ける
あすもあの写生がつづけられる
（いのり・抄）

と願った。

しかし、無頼の生活のなかでメチャクチャに痛めつけた肉体は、もう手おくれだった。「白いコスモス」「飛行船のものうき光」などとうわ言をいいながら、二十二歳五ヵ月の若いいのちを散らした。大正八年二月であった。

一方山本鼎が帰国したのは大正五年十二月である。一時田端五〇〇番地に住んだが、まもなく北原白秋の妹家子と結婚して日暮里へ去った。このころから彼は農民芸術に関心を持ち、また児童の自由画運動をも提唱した。それまでの小学生たちの図画は手本を見て、その形を真似るだけであった。これはまちがいで子どもたちに内在している可能性の芽をとらえるためには、子どもが自分の目でとらえた自然を描いたり、記憶を再現させたり、想像をほしいままにさせて、描かせなければいけないという論であった。

これは文部省の方針に鉄槌《てっつい》を加える論議だったが、大正デモクラシー時代の風潮が、この鼎の理論の支持者を次第にふやしていった。

鼎の農民美術教育を手伝ったのが倉田白羊である。白羊は小杉と同じく明治十四年生まれで、美校洋画科選科を首席で卒業している。白羊も、武侠世界社の挿画をひきうけていた大正二年ごろは、田端一〇五番地に住んでいた。素直な彼はいつも小杉や山本の言うとおりに、

「方寸」へこいといえばいき、美術院へこいといえばいき、こんどは春陽会だぞといわれると、ハイとついていき、とうとう農民美術だといわれ、長野県上田へ移った。しかしいつもその場所で、周囲を圧する厚味のある仕事を残した。

彼らはみな田端テニス派ともいうべき画人たちである。

第三章　「羅生門」の作者

天然自笑軒

芥川龍之介が田端に移ったのは、大正三年十月の末である。龍之介の養家である芥川家は、代代お数寄屋坊主をつとめ下町暮らしが長く、龍之介も、実母のふくが発狂して、ふくの兄道章にひきとられて以来、本所小泉町で暮らしていた。ここは現在の東両国二丁目である。小泉町は隅田川の東岸で近くに回向院《えこういん》、百本杭《ひゃっぽんぐい》、お竹倉があった。芥川の「本所両国」によれば、明治二、三十年代の本所は「江戸二百年の文明に疲れた生活上の落伍者が、比較的大勢住んでゐた町」で、くすんだわびしい通りが多かったという。

明治四十三年龍之介が十八歳のとき、芥川家は府下内藤新宿町二丁目七十一番地に移った。龍之介の実父である新原敏三の営む、牛乳販売業耕牧舎の牧場のわきで、家は敏三の持家を借りたものであった。

この移転の理由は二つある。養父の道章は東京府の土木課に勤めて土木課長にまでなったが、明治三十七年に退職している。そのあと銀行を経営して失敗したこともあるが、このころは敏三の耕牧舎の会計を預っていたからである。当時、耕牧舎は芝新銭座に本店を持ち、新宿には六千坪の牧場を持ち、築地精養軒や帝国ホテルにも牛乳をおさめて、なかなかの盛業ぶりだった。

もう一つの理由は、明治四十三年八月十四日の大水である。本所は、龍之介の出生後たびたび水害があったが、その主なものだけでも六回あり、ただし芥川家は、床上浸水の難だけはいつも逃れていたという。

が、この年の水害はとりわけ大きく、本所区内では死者九名、行方不明二名、家屋破損流失八戸、浸水二、九四八戸に及んだ。これが芥川家の本所を去る近因となったのではあるまいか。

すでにその九月、一高に入学した龍之介のためには、落伍者の町である本所よりも閑静な山の手を住居にえらぶことを、一家は考えていたのだろう。新宿の新原家の持家に住みながら、道章は土地探しをはじめている。

田端にきめたのは、当時、田端三四三番地に道章と一中節の相弟子であった宮崎直次郎がいて、天然自笑軒という会席料理の店を出していたからであった。

龍之介を長年愛育したふくの姉のふきは、一中節の名取りだった。おそらくふきもそうだろうが、道章と直次郎は、ともに宇治紫山（本名大野）の弟子だったのである。

宮崎直次郎は、年齢はほぼ道章と等しく、中州で株の売買などを行なっていたが、茶や花を活け、一中節を語り、料理を作る趣味人で、庭の広い閑静なところへ住みたいと願い、明治四十一年に、田端に四百坪の畠地を借りて移ったのである。ここで紫山の出稽古をうけたり、客に料理を出して喜ばれたりしているうちに、とうとうすすめられて、会席料理天然自

天然自笑軒跡（現浅賀正治氏邸）

笑軒の看板をかかげることになった。
もともと素人の好きではじめた仕事だから、器《うつわ》にも、座敷の掛けものにも、庭のたたずまいにも、趣味をふりかざして大いに凝った。料理人は新井という、会席料理なら日本一の腕という人をさがしてきて任せる。客室は六つ、予約以外の客はとらず、料理は七品で一人前五円、これが並の料金だった。
やがて総理大臣若槻礼次郎、渋沢栄一などという、ときの顕官たちのひいきを受けるようになり、自笑軒の名は、有名になった。直次郎の娘で、芥川龍之介の義弟に当る新原得二（父は新原敏三、母はふくやふきの妹に当るふゆ）に嫁いだつるの話によると、
「おわんに、お向《むこう》に、口とりに、焼物に、煮ものに、おつぼ、小づけ、それにお口洗い、さいごにお抹茶をお出しいたしました。いったいに味がうすく、量もちょんぼりでございました」

というから、茶人むきの上品な献立だったと思われる。結局この宮崎直次郎が、東京市の役人である田中寅雄の土地を、芥川家にあっせんしたのが本ぎまりとなった。

田端四三五番地は、田端駅から歩いて六、七分、三七〇坪ほどの三角形の地所で、山の上のために風当りが少々強いのが難であった。この土地に階下四間、他に納戸・湯殿・台所。階上に二間の家を新築した。なお、新原つるの話によると、芥川道章は読み書き、そろばんが達者で、田端にうつってからも依然芝新銭座の耕牧舎に通い、やはり銀行関係の業務をすべてまかせられていて、それは震災で耕牧舎の店が焼けるまで続いていたという。従って道章が年間五百円の恩給だけで暮らしたというこれまでの説は、間違いではないかと思われる。故に、「常に客にも出されぬ悪酒の晩酌に甘んじていた」という龍之介の、「大導寺信輔の半生」のなかの養父を表現する文章は、フィクションと考えた方がいいだろう。

拝啓今般左記に転居致候間御通知申上候敬具

田端停車場上白梅園向ふ横町

北豊島郡滝野川町字田端四百三十五番地

大正三年十月

芥川　道　章

芥川　龍之介

という浅野三千三宛の移転通知が、いま芥川龍之介全集書簡に発見できる。

最近、芥川家跡へ行くには、少々遠道でも田端駅表口へ出る方がわかりがいい。昭和五、

田端駅裏口の階段（右）と芥川家へ通じる坂道（左）

六年にできた動坂へ出る切り通しの広い道には、二本の陸橋がかかっている。手前を東台橋、二本目を童橋《わらべ》というが、童橋のたもとの小路を左へ入ればそこが芥川龍之介、香取秀真、堆朱楊成、小山栄達らのかたまって住まっていた旧跡である。

芥川の邸跡は三軒に分割された。玄関のあたりを大河内家、台所の部分を武田家、残りを蠣崎家が占めている。そして、現在も使われている三十メートルほどもある万年塀は、芥川時代のものであり、ことに武田家の使用している門は、芥川家の台所へいく通用門をそのまま使用し、そこに備えられてあるポストも、現主人の武田良一さんが、芥川を記念して往時のままに保存しているものだという。

芥川家へ通じる小道には、かつて人力車の通るだけの幅に石がしきつめられていたのを筆者は記憶しているが、今は風情のない、ただのコンクリート道になってしまっている。戦争のたけなわの頃、芥川家は疎開し、あとから建増した龍之介の書斎を除いた母屋全部を、鉄道の寮に貸した。この家はもちろん昭和二十年四月十三日の空襲で炎上し、残っていた家財や本、なかには「驢馬」の残本などもあったのだが、すべて焼けた。そして戦後芥川未亡人は、この土地を買い戻そうと苦心したということである。

大正時代の田端は寺が多く、風雅の里というイメージがあった。子規の墓のある大龍寺の奥は、ことに武蔵野の美しい面影が濃く、これを好んだ親日家の米人ジャーナリスト、エドワルド・ハワルド・ハウスが遺言して、自分の墓地と定めたほどであった。

芥川家の建った東台周辺には、六阿弥陀詣でで、江戸時代から人々の参詣の多かった與楽寺がある。また眺望がよく、月見で名高い更科蕎麦が駅の崖上にあり、隣家の松が枝旅館にはハコ（芸者）が入った。

移転通知中に見える白梅園では、井上正夫が大正二年十一月に、泉鏡花の「紅玉」を野外劇として上演したことがあり、ここも庭の広い料理屋であった。ところが美術家連中が行っては飲み、勘定を借りてくるので、大分左前になり、香取秀真が五、六対の火鉢を鋳て、仲間一同の勘定代りにおいたことがあった。

天然自笑軒の方は、大正の終りに直次郎が逝き、息子の平太郎がつぎ、さらに、その子息の平一がついだとき戦災のために焼失した。それまでは河童忌など、田端文化人たちがなにかと寄り合う場所として繁昌していた。余談だが、筆者の叔母は震災の年の秋に、自笑軒で

芥川家をしのばせる塀と樹木（右）と台所門（左）

見合いをしている。

大正三年ごろについての田端の状況を記してみると、当時、芥川の周囲の美術家には、まず香取秀真がいた。彼が芥川家の隣に新築するのは大正六年であるが、その以前は四三三番地に明治四十二年以来住んでいた。日本画家の山田敬中、木村武山、などの家が同じ東台にあり、藍染川畔には小杉未醒、その隣家に木彫の吉田白嶺《はくれい》、彫刻の北村四海《しかい》・正信父子も明治四十年ごろより田端人であり、建畠大夢も住み、洋画家の田辺至も光明院の境内に住んでいた。また西台通りには陶芸の板谷波山を先頭に、彫刻の吉田三郎、池田勇八、国方林三、油絵の柚木久太、満谷国四郎、山本鼎、倉田白羊、森田恒友《つねとも》、美人画の池田蕉園などが居を構えていた。無名の美術家も多数住まっていたであろう。

というわけで、芥川龍之介が帝大英文科生

として田端に第一歩を印したときは、田端は至るところに美術家あり、文学者はゼロに等しかった。強いていえば、冒険小説家で「武俠世界」を刊行していた押川春浪《おしかわしゅんろう》が、西台の第一小学校付近にいたにすぎない。

しかし、芥川が移り住み、やがて文壇の寵児となったために、田端は新しく生まれかわるのである。

一枚の絵

ここで、ちょっと一枚の絵について語りたい。田端を調べ、芥川龍之介の周囲を発掘しはじめた筆者が、ある日、小穴隆一家を訪問した。

画家小穴隆一は晩年の芥川に親しみ、自殺の決意を一番早く打ちあけられたほどの間柄である。

あるじは昭和四十一年に逝き、美未亡人《はる》がひとり遺された家を守っていた。来意はすでに電話で通じてあったために、未亡人は二十号ほどの一枚の絵をすでに画室からとり出して居間に飾り、

「まるであなたを待っているように、今日この絵がみつかったのです。どこの絵だかおわかりになりますか」

といたずらっぽく問いかけてきた。

「あっ」と思わず叫ばずにいられなかった。それは田端駅の裏口、つまり芥川家の方へ出る坂道の途中に画架を立てて描いたとおぼしき、油彩による駅周辺の景色であった。坂道のカーブといい、小さな駅の建物といい、跨線橋の位置といい現在の田端そのままである。ただ、尾久、三河島の空はひろびろと野が開け、一本の煙突も見当らない……。

「田端駅です。これは」

と筆者が言った。

「田端駅裏口」小穴隆一画

「そうですか。やっぱりそう思ってくださいますか。あなたがそうおっしゃるならまちがいありますまい。今日は朝からこの絵をとり出し長い間画室でながめつづけているうちに、私にはいろいろのものが見えてきました」
いまも夫が逝った九年前そのままに画室をおき、一枚の絵も売らず、往時そのままに独居している未亡人は黄昏のせまろうとする部屋でうすく目を閉じ、在りし日の夫を偲ぶかのようであった。小穴隆一の書いた芥川龍之介に関する死の覚書「二つの絵」は難解な文章である。難解というよりミステリアスである。そうした味わいが、美未亡人にもそのまま乗りうつっていることを、その語調に感じた。

「ごらんください。絵の右肩に数字が見え出したでしょう」

しばらくして未亡人が言った。どういう光線のいたずらか、いままで見えなかったその位置に、未亡人の指摘したように1914という数字がうっすらとうかび出たのだ。

1914年、大正三年、この年には小穴はまだ芥川とは知りあっていない。彼ら二人が運命的な出あいをするのは、それより五年もまたなければならない。しかし、二人が相知らない時代に、芥川が何千回も上り下りをし、雨の日は難渋して出入りした田端駅への道を小穴が描いているのは、やはり因縁である。当時の小穴は二十歳の画学生で、中村不折につき太平洋画会に通っていたと思われるが、開成中学に在学したことがあるので、田端の山側の出口は、通学路として親しかったのであろう。

田端は美術家の巣だったから、田端駅を描いた絵はわりあいに多い。ちょっと思い出しただけでも、大正中期に佐伯祐三の駅構内を描いた「シグナル」。長谷川利行の「赤い機関車庫」と、「田端変電所」「田端電信所」などがある。そして、これらはすべて名作の名をほしいままにしている作品である。ことに長谷川の絵のうち、変電所や電信所は田端駅表口のだらだら坂の途中にあり、筆者の子ども時代の遊び場所だったことを思い出す。

しかし小穴の「田端駅裏口」の絵は、天才作家芥川の登場の露はらいであり、大正文学の田端時代の開幕を告げるドラの音のような気がして興深い。

しかし当の芥川は、田端へ移った時点で新築の家におさまった感激を露わにしているよう

当時の面影を残す田端駅（昭和50年現在）

すは、少なくとも文章の上からは発見することができない。例の恒藤恭への手紙にも、

「学校へは少し近くなつた　その上前より（新宿のこと　筆者注）余程閑静だ　唯高い所なので風あてが少しひどい　其代り夕かたは二階へ上ると靄の中に駒込台の燈火が一つづつともるのが見える」

といったぐあいに冷静な筆致である。そして、

「ただ厄介なのは田端の停車場へゆくのに可成急な坂がある事だ　それが柳町の坂位長くつて路幅があの半分位しかない　だから雨のふるときは足駄で下りるのは大分難渋だ　そこで雨のふるときには一寸学校がやすみたくなる　やすむとノートがたまる此頃はそれに少しよわつてゐる」

と続けてある。

芥川龍之介には、明治四十五年一月、一高生時代に、佐佐木信綱の主宰する竹柏園の機関誌

「心の花」に、柳川隆之介のペンネームで発表した「大川の水」なる名文がある。長年親しんだ大川の水のにおいと景色の情緒を称え、

「自分は大川あるが故に『東京』を愛し、『東京』あるが故に、生活を愛するのである」

という、情熱的な望郷の言葉で一文を結んでいる。

筆者もまた昭和四年、芥川の住んだ本所小泉町とは大川をへだてた対岸の日本橋矢の倉町から田端へ移った身の上である。わずか六歳の幼女であったけれど、同じようにこの郊外暮らしを、どうしても承服できかねるものが心の奥にくすぶった。大川のにおいがやはり恋しかった。縁日や川開きや祭りの賑わいを失ったのも悲しかったが、人情のニュアンスが全くちがうのにとまどう思いだった。それは生意気にも子ども仲間に歌舞伎のせりふが通じないもどかしさだったり、こっちの歯ぎれのよさが、お茶っぴいと批判される口惜しさでもあった。

その夏三百坪ある庭の蟬の鳴き声は、耳を覆いたいほどのろうがましさであり、緑のにおいさえ腹立たしくてならなかった。母が三人目の女の子を生んだが、お宮詣りもしないうちに、子なしの夫婦にもらわれていったのだ。そして母さえも神田福田町のさとへ帰り、二度と田端へもどらなかった。矢の倉町で営んでいた袋物問屋が経済パニックのあおりで破産し、父は借金とりを怖れて身をかくし、そのため祖父母の田端の家に残ったのは、二歳の妹と筆者だけになった。

大正三年の田端移転のころ、芥川も実は心に悲痛の思いを宿していた。龍之介は、実家新

原家と親しい吉田弥生に好意をもち、結婚の意志を芥川家の人たちに打ち明けたところ、養父母と、伯母ふきとの大反対を受けたのである。

弥生は、龍之介と同年同月の明治二十五年三月生まれで、前年に青山女学院英文科を卒業した才媛であった。弥生の父が東京病院の会計事務を担当し、病院構内に住んでいたので、病院に牛乳を納めていた新原敏三と親しかったのが、弥生と龍之介が交際をもつ原因であった。なぜ養家の人々が、弥生を妻にすることを反対したのか。吉田家が平民だったからという説、弥生が青山女学院入学に際して、はじめて父長吉郎の長女として正式に入籍されたという事情（戦前は一度私生子として登録されると、嫡出子になってもそのまま記載が残った）を言う説などいろいろあるが、それも心象の中にあるとはしても、龍之介のすべてを支配していると考えている伯母ふきが、自分の関知しない経緯で龍之介の妻がきまることに、その女心ががまんできなかったのが真因ではなかったかと思われる。

龍之介は求婚しようと思って弥生に手紙を出したが、郵便局の手違いで配達がおくれ、果たせなかった。そのため決意して養家の人たちにその話をもち出したのだ。伯母が反対のために夜通し泣き、龍之介も夜通し泣き、あくる朝むずかしい顔をして龍之介が「思い切る」と言った。

こうして一応この初恋は終るのだが、その余波として龍之介は苦しむ。この恋のたかまった時期から失意にたどりつくまでが、ちょうど田端移転時代に当る。従って龍之介には新居を味わう心の余裕はなかったであろう。

「ある女を昔から知つてゐた。その女がある男と約婚した。僕はその時になつてはじめて僕がその女を愛してゐることを知つた」

と、龍之介はこの恋のいきさつと終えんを大正四年二月二十八日付の恒藤恭への手紙のなかで書いているが、この六十字にみたない文章のなかに、龍之介の生涯にわたっての人間関係、他人の所有物への不思議な執着というパターンを、示しているのは見逃せないところである。

文壇登場

大正四年の十一月になると、龍之介の心にも、さすがに平静の思いが立ち戻ってきたらしい。例の恒藤恭へのたよりにも、

「田端はどこへ行つても黄白い木の葉ばかりだ。夜とほると秋の匂がする」

と誌し、田端の詩を作り、歌を作る余裕を持つようになった。

田端にうたへる

なげきつゝわがゆく夜半の韮畑《にらばたけ》

廿日の月のしづまんとす見ゆ

韮畑韮のにほひの夜をこめて
かよふなげきをわれもするかな
シグナルの灯は遠けれど韮畑
駅夫めきつもわがひとりゆく

田端一の、幽邃な庭を抱える大龍寺にも度々足を運び、正岡子規の墓に詣でている。また龍之介は大正三年二月、帝大一高の級友たち久米正雄、松岡譲、成瀬正一、菊池寛、土屋文明、豊島与志雄、山宮允《さんぐうまこと》らと第三次「新思潮」を発刊した。そして五月には処女小説「老年」を発表し、十二月には「羅生門」を脱稿した。「羅生門」は翌四年十一月に「帝国文学」に掲載されたが文壇からは黙殺されて終った。しかしつづいて「鼻」の執筆にかかった。吉田弥生との恋愛事件で独りになると気の沈んだために、現状とかけ離れた王朝に材をもとめて、なるべく愉快な小説が書きたかったのだ、と龍之介は四、五年後に「あの頃の自分の事」で回想している。人生を正面切って眺めず、斜め裏からシニークな目でながめた初期の作品群は、たしかにこの時期の龍之介の失

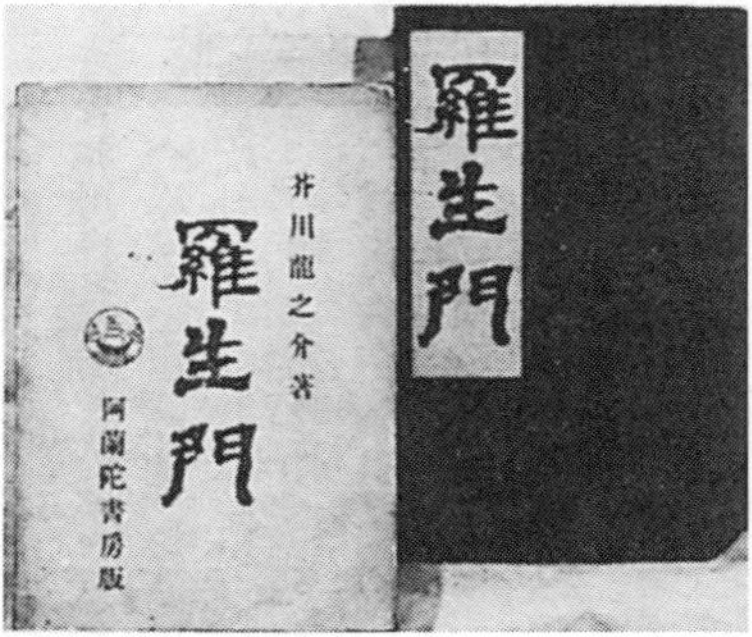

「羅生門」大正６年５月刊

意から得た視点といって間違いないと思われる。シニークだが作品の底流に暖かさがあり、やはり芥川自身の育ちのよさが、揺曳しているものと思われる。

龍之介は府立三中時代の恩師で、五年間通じて学級主任だった広瀬雄（明治七年生、高等師範英文科一回生）が小石川に住んでいたのを、「いいところだからぜひいらっしゃい」とすすめて、田端西台通り五二三番地へ土地をあっせんしている。広瀬家は、大正四年九月二十一日には龍之介の書いた田端の地図に登場しているから、芥川家の田端入りからほどなく移ったものと考えていいだろう。ただし、地主は芥川と同じ田中寅雄ではなく、こちらは浅賀光太郎である。

芥川は、中学時代は二、三の級友とともに、広瀬教諭引率のもとにたびたび旅行に出たり、大学生になってからも、その書架からイプセン、メリメ、ドーデ、アナトール・フランス、ツルゲーネフなどの英訳本を借出したりなどした。大正のはじめ、雄がたね夫人と結婚したときは、自作の短歌百首を装本して祝うなど、深い交際がつづいていた。

龍之介の人なつっこい一面がこの行為にも明瞭である。江戸っこの交際上手とも言えるかもしれない。やがて、田端の書斎にたっぷり人を集めて、彼はそのなかの王様の位置に坐る。が、ときには集る人々の心を、彼は翻弄する。しかし彼は、次の瞬間には例の日本的優情で、それを糊塗することに天才的な手腕をもっていた。ちょうどこのころかきかけていた「鼻」の禅智内供を作者として料理したように……。

大正五年は龍之介飛躍の年である。まず一月、第四次「新思潮」の創刊号に発表した「鼻」

が、前年の暮から師事していた夏目漱石の激賞を浴びた。

漱石は文中でまた、

「あゝいふものを是から二三十並べて御覧なさい。文壇で類のない作家になれます。然し『鼻』丈では恐らく多数の人の眼に触れないでせう。触れてもみんなが黙過するでせう。そんな事に頓着しないで、ずんゞ御進みなさい。群集は眼中に置かない方が身体の薬です」と、この愛弟子に懇切に、歴戦の文筆家でなければとても言えない重要なアドバイスを、つけ加えるのを忘れなかった。

その期待にこたえて龍之介は、七月には東京帝国文科大学英文科を卒業、九月には「新小説」に「芋粥」を、また「中央公論」に「手巾」を発表して同輩をぬき、文壇の地位をいち早く確立したのである。

しかし、そのことは同時に、第四次「新思潮」に拠った他の同人たち、久米正雄、松岡譲、菊池寛、成瀬正一など一高以来のクラスメート連の熾烈な競争心、嫉妬心のただなかに立たされることでもあった。龍之介としては、生涯心の休まるときのない彼らとの闘争の、これが序章だったのである。

第四章　詩のみやこ

感情詩社

「こんど室生犀星が発表した軽井沢を舞台にした小説に、水島という名を使っているんだ」

と慶大生の叔父が、目をキラキラさせながら言った。

「うちのことを覚えていてくれたんだなア」

と、ちょっと感激した風である。

　室生犀星という小説家は、昭和のはじめまで、わが水島家の一軒おいた隣に住んでいたということだが、あいにく、筆者が田端の祖父母のもとへきたときは、もういなかった。小説好きの私はそれが残念で、叔父の言葉で急に犀星の小説を読んでみる気になった。

　水谷八重子が舞台で評判をとっている「あにいもうと」を読んだが、夢見がちの少女であったそのころの私にとって、ザラザラした不愉快な小説であった。

「犀星さんの奥さんは、いつも真っ赤な頬をして、お玄関や門先きをきれいに掃除していらっしゃったよ」

　と祖母も思い出話をした。あるとき赤ちゃんを抱いた犀星と道でいきあって、

「おかわいい方で」

と声をかけたら、犀星の顔が、いっぺんに笑みくずれたようすを、

「ああいう人は、もっときむずかしいと思ったのに意外だったよ」

と言った。

「いいえ、とてもコワイ蟹のようなお顔のおじさまだったわよ。いつもそれは陰気な目をして、庭いじりをなさっていたわ。朝子ちゃんをお誘いにいくでしょ。敷石の上から足をはずすと、叱られるの。『苔を踏んじゃいかん』って。だからしまいには、誰も朝子ちゃんのところへいかなくなったのよ」

と、近所の友だちが教えてくれた。

それで犀星への興味は冷えてしまったのだが、ある日読んだ彼の一編の詩に釘づけにされた思いがした。

寺の庭
つち澄み　うるほひ
石蕗《つは》の花咲き
あはれ知る　わが育ちに
鐘の鳴る　寺の庭

（抒情小曲集抄）

犀星の住んでいた旧五二三番地の通り

小畠家という金沢のレッキとした士族の子として生まれながら、母が女中であるために、赤井ハツというのんだくれ女の貰い子にされ、胤も違えば腹もそれぞれに違う、兄、姉、妹と育った犀星の悲しみのいんいんと響く詩である。やがて室生真乗というハツの内縁の夫で雨宝院住職が、彼を養子にしてくれた。

風采の上がらない一家の邪魔者だった彼がたった一つの武器は、詩才を持っていたことで、詩で身を立てようと上京する。食うや食わずの生活のなかで書いた詩が、次第に認められ、大正二年一月から、犀星の詩は毎号白秋主宰の「朱欒《ザムボア》」を飾るようになる。

この「朱欒」の犀星の詩に感動したのが、萩原朔太郎であった。よむほどにいよいよ心にくい入る一句一句に、朔太郎は身震いし、涙を流し、その熱いおもいのすべてを紙面にたたきつけて、犀星にファンレターを送った。朔太郎は犀星より三歳の兄で、前橋の医師の長男であった。高校を転々とし、慶応にも学んだが中退して、マンドリンを習ったり、詩や短歌を作ったりしていたハイカラ青年だった。以後二人は三日おきに恋文のような手紙をかきあう仲になった。そのため朔太郎の詩も新境地をひらき、「朱欒」五月号に「みちゆき」などの詩五編が発表された。ついに犀星が前橋を訪問し、両雄は相会する。もっともこの二詩人の会見は、犀星を蒼白い美少年と想像していた朔太郎が、背が低く肩もいかつく、ステッキをついた、無骨な現実の犀星に失望するという一幕があった。

犀星・朔太郎のこの握手が、大正四年三月の金沢における詩誌「卓上噴水」の創刊である。が、第三号で廃刊。大正五年六月、再び詩誌刊行のことが犀星・朔太郎の間で持ち上り、感情詩社を本郷千駄木町の犀星の下宿におこし、二人だけの詩誌「感情」を創刊した。

六月発行の第一号は朔太郎の詩二編に、犀星の編集後記のみの、うすい冊子であったが、七月発行の二号に至って、「抒情小曲集第一」として犀星の詩三十八篇が一挙掲載され、さらに三号も順調に八月発行となり、「抒情小曲集第二」が二十編、またも特集され、犀星の声望をたかめた。そしてこの第三号からは、田端の新しい下宿より発行されることになった。表紙の装幀には、恩地孝四郎が当った。

さて感情詩社第三号の発行所は、藍染川畔の田端一六三番地沢田方であり、彼の住んだ部屋は、六畳で小さな玄関がつき、庭には柿の木と、白い芙蓉の一株があった。食事つきで一ヵ月九円である。

大正初期の藍染川（矢田川）

藍染川は「北区史」によれば、その上流を谷田川といい、巣鴨町染井の溜池から源を発して上駒込との境を北東に流れ、西ケ原前から滝野川の中里、さらに線路を越え、田端から藍染川となって不忍池にそそぎ、忍ぶ川となり神田川に出て東京湾に流れたとある。

沢田は大きな百姓家で、母屋の二階と、庭の樹間のところどころに、四畳半二間ぐらいの離れを建てて貸し、下宿人は美術学生が多かった。小杉未醒がさいしょに入居したのも、この家であろう。藍染川はときどき氾濫し、ドウドウと怖ろしい音を立てて流れていた日のあるのを、筆者も覚えている。吉田三郎も、かつてこの家の下宿人だったかもしれない。

犀星と吉田は同年だが、三郎の方は郷里から五歳年下の沢夫人をもう迎えていた。犀星は〈あ、三郎にはまたしてやられたワイ〉と、目をむいた。

「君は美校の在学中に文展入選をとげて、世の中に出るのが、金沢組のなかで一番早かったが、女房も一番乗りだナ」

と浴びせ、無口な吉田が顔をあからめていると、

「いったい、あんな美女をどこでしこんだんだい。九条武子夫人に似ているナ」

と問いつめる。

「ぼくの母が、あれの父の姪に当るので、『私の方がエライのよ』とえばるので困るのだ」

と吉田は恥ずかしそうにこたえ話題をかえた。

「それよりも、こんどの第十回文展を見たかい。見ないなら早速行き給え。ここ田端の連中が、すばらしい活躍ぶりをしているよ。日本画の池田輝方と蕉園夫妻が仲良く特選を取っている。油絵では柚木久太、建畠大夢、彫刻では池田勇八が特選だ」

「フーン」

「北村四海が審査員になった」

「四海って、大理石を彫る男だろう」

「そうさ。あの人も気の荒いますらおだな。審査のやり方が気に入らないといって、展覧中の自作の裸女像をハンマーで打ちこわしたという例の人さ」

「聞いたことがある。その男だろう。肺病で血を吐きながら、十年も彫りつづけているというのは」

と犀星も田端通になった。

「ボクの師匠の板谷波山が……」

と吉田が言うのを犀星はさえぎった。実は彼は大切な用事を抱えて、吉田家を訪れたからである。

このころ犀星には「感情」を発刊するたびに贈呈する女性ができていた。その人の名は浅川とみ子で、金沢の人である。二人は手紙だけの往来で会ったことはなかった。とみ子は犀星より六歳若く、金沢では歌よみとしてちょっと有名であった。ときには男装などもする文学少女で、市内の新竪町尋常小学校の訓導であった。犀星は吉田にこの話をしにきたのである。そして打ちあけてみると、三郎夫人がその小学校の卒業生であることがわかった。犀星が手を合せて頼むので、夫人が新竪町小学校の卒業写真をとりよせて犀星に見せた。

「おれは、もどかしくて、漢字を書いている気になれず、カタカナばかりでラブレターを書いているんじゃ」

と犀星は吉田に言った。

大正六年二月には、朔太郎の処女詩集『月に吠える』が発刊された。犀星によって詩開眼をした彼の方が先を越したのである。犀星は「現代の詩壇で一冊の詩集も持たないのは自分だけである」と嘆きながらも、親友の出発を心から祝った。

詩から小説へ

大正六年六月になると北原白秋が「紫煙草舎」のあった府下南葛飾郡小岩村から、本郷区動坂町三六四番地に移ってきた。白秋は前年江口章子と再婚している。そのころ犀星、朔太郎は白秋に兄事し、大手拓次とともに世間では「白秋門下の三羽烏」と呼ばれていた。現在の田端駅表口から南へ約六〇〇メートルほど下ると、不忍通りにぶつかる。その四つ辻をさらに肴町の方へ南へ上る坂が動坂であり、この坂の左側が動坂三六四番地で、白秋宅にあたる。だからここらは田端村の周辺地区といってもよいだろう。

また翌年七月には、佐藤春夫が同じく動坂町九二番地へ、東照宮下のアパートから移ってきた。ちょうど白秋宅と坂の反対側に位置している。どちらも犀星の家まで十分ぐらいの距離よりないのだ。ある日春夫は谷崎潤一郎とともに田端の犀星を訪れてきた。潤一郎が「感情」掲載の「抒情小曲集」に感心して、会ってみようと提案したからであった。

谷崎は三十二歳、東京日本橋生まれ、六年前に永井荷風の推挽によって、文壇に華やかなデビューをとげている。また春夫は二十六歳、紀州の医者の息子で、与謝野鉄幹、晶子の「新詩社」に出入し、「スバル」「三田文学」に詩や文章を発表、小説にも筆を染めていた。その上、二科に入選する多才ぶりを示した。しかしこのころは、二ヵ年半の結婚生活を送った女優川路歌子と離別した失意のさなかにあったときである。対する室生は二十八歳である。

犀星の自伝小説「弄獅子《らぬさい》」には、

「或る日谷崎潤一郎氏と佐藤春夫氏とがたづねて来たが、北原氏の家から来たものらしかつた。谷崎氏はズボンが折れると言つて畳の上に坐らず、椅子の上に腰かけてゐた。彼は腰のぐらつく椅子を何度も揺ぶり、その腰を落ちつけるのであつた。

『これは却々いい部屋ぢやないか』

谷崎氏がさういふと佐藤氏は茫々たる声音で『却々いい部屋だよ』と同感して、逆境時代の彼らしい陰気臭い眼付で、一ト通り部屋と部屋から見える垣なしの植木の畑に一瞥を加へるのであつた。彼は笑はず話さず、寧ろ憂鬱だつた。

『これは考へものだね』

谷崎氏は蜜柑箱をかさね、その中に書物と陶器とを入れ、本棚のやうに組み立ててある自分の本箱を見て言つた。『地震でもあつたらどうするんだ』

佐藤春夫は紺の地の洗ひ出された紺絣を着て、拙さうに自分の出したビールを飲んでゐた。恐らく三四度目ぐらゐに遇ふのだつた。谷崎氏が一番よく話し、『詩人といふものは妙なものだナ』と何かの事から、突然に高い声で言ふのであつた」

と、そのときの情景を描写している。すでに大家の風格ある「刺青」の作家と、モダニズムの鼻めがね詩人との入来は、藍染川畔の小屋にとって大事件だったに相違ない。

大正七年は犀星にとって実り多い年であった。まず一月一日には待望の処女詩集『愛の詩集』を感情詩社より自費出版した。その費用は朔太郎や竹村俊郎等の援助と、養父室生真乗の死によって与えられた遺産によってまかなわれた。犀星は動坂にとんでいき、白秋に序文を請うた。白秋は、

「そうかそうか」と目を細めて喜び、徹夜で、

「室生君。涙を流して私は今君の双手を捉へる。さうして強くうち振る」

と情熱こもる文章を書いた。そのなかで萩原と犀星を芸術的双生児と断じ、「君は土、彼は硝子。君は裸の蠟燭、彼は電球」と比較した。朔太郎は跋を、恩地孝四郎が装幀をうけもった。

『愛の詩集』定価一円二十銭は、五日間で売り切れ、室生犀星という詩人の幸先を祝った。

犀星ととみ子との結婚は二月十六日に金沢で行なわれた。さき廻りをして帰京し、世帯道具を買い集めたりしている犀星のもとへ、一週間後にとみ子が姉につれられ、漆黒の毛の犬を従えてあらわれた。犀星は半年前にこの結婚の準備のために、同じ沢田家の持家である家賃六円の八畳と四畳半二間の離れを借りて移っていた。その家は家主の家の大椎に抱かれているような位置にあり、露地の奥のしずかな場所にあった。

当時の夫妻の生活を描いた犀星の綴る「結婚者の手記」によれば、この新夫婦はむつまじくはあったが、犀星の気むずかしさと、とみ子夫人の女らしい強情さとが、抒情をこわさない程度にぶつかり、火花を散らしていることにきづく。

彼は処女詩集のあと、続けて大正七年九月『抒情小曲集』を自費出版し、いよいよ詩人と

して の地歩を固めた。が、詩人の収入など知れたもので、彼は散歩のついでに足を伸ばして芥川の家を見にいき、風雅な門構えと、三百坪以上はあろうかと思える敷地の広さに圧倒された思いでひき返した。芥川もまた室生と同じ年、二月に塚本文子と結婚、自笑軒で披露宴を行なっていた。が、帝大卒業後の芥川は、横須賀の海軍機関学校の英語教師となって赴任し、田端へは日曜以外には帰っていなかったのである。しかし、「中央公論」、「大阪毎日」、「新潮」などの一流誌に小説二、三編を毎月発表していた。そのうち「戯作三昧」、「地獄変」などは、世評も高かった作品である。

室生犀星

また同じころ動坂の佐藤春夫も「田園の憂鬱」、「お絹とその兄弟」などを、やはり「中央公論」に発表していた。犀星はこの二人の名の大きく出ている新聞広告をみるたびごとに、「その間に、おれ一人くらいはさみ込まれないものか」と、龍之介、春夫という活字のならんでいるのをかき分けてみたいような、切ないきもちがこうじてくるのだった。

犀星は夜店にいき、「中央公論」などの古雑誌を一山も買い占めてきて、手当り次第によみふけった。そして習作をはじめる。

こうして小説「幼年時代」ができ上り、ある日名編集長といわれる「中央公論」の編集長瀧田樗陰のもとへ、小包みにしておくった。これがみごと瀧田の中心を射ぬいて、大正八年八月号に掲載され、つづいて十月「性に眼覚める頃」を発表する。そして、それまで書いても書いてもほとんど原稿料などというものの入らなかった無名詩人の懐に、はじめて一枚について一円という大金が入ってきた。この金額は、当時の原稿料の最高の金額だった。金沢での青春時代、養母の赤井ハツ、私生子のわが生い立ちなど……小説を書く材料はいくらもある。犀星は奮い立った。

山羊少年

生活の改まった犀星は大正八年十月には、田端五七一番地に転居する。ここは田端駅表口のだらだら坂を上りきり、右折して西台の通りを中里方面へ二〇〇メートルほども行った浅野屋という蕎麦屋の裏手に当っていた。好きライバルの芥川の家とは、駅をはさんで東と西に対峙した形である。

浅野屋は大正五年に田端西台のメインストリートともいうべきこの場所へ店を出し、六十年営業を続けていた。店主の芝崎義平は、明治三十二年生まれ、大正八年に百姓がいやになり、茨城から上京し、見習いとして浅野屋に雇われた人である。当時の浅野屋は揚物屋で、天ぷらの材料は浅草の花長、銀座の天金などと同じ問屋から仕入れたというから、先代の張り切りようが知れようというものである。

だしの作り方も、

「もし、いまあれと同じやり方をしていたら、もりそば一パイ六〇〇円いただいても引きあうかどうかわからない」

という材料と調理の念の入れ方だった。そのため評判の店として雑誌にとり上げられたから、好事家がわざわざ汽車に乗ってやってくるようになり、一時は遠方の客で賑わった。

芥川龍之介も浅野屋の天ぷら蕎麦がひいきで、近くに更科蕎麦があるのに、女中さんがわざわざ注文にきた。

「そう室生さんにもよく出前にいきましたねえ。池田勇八さん、柚木久太さん、岩田専太郎さん、みんなおとくいでしたよ」

と義平さんは目を細めてなつかしんで話す。神明町まで出前にいき、狐にばかされたこともある。自転車のないころの話である。そして彼はみこまれて、浅野屋の養子になり二代目をついだ。

白梅園、天然自笑軒、浅野屋など、当時の田端は草深い郊外ながら、食物屋などに気のきいた家の多い風雅の里だった。また板谷波山の飛鳥山焼を売っていた露月亭が、のちに白亜堂という喫茶店兼パン屋となり、さらにこの道を日暮里方面へ少し行くと、ゾンネという白系ロシア人のパン屋も評判だった。

そのころの田端駅周辺を、室生犀星の門下であった窪川鶴次郎が、「東京の散歩道」（昭和三十九年）で克明に語っているので、左に写すことにしよう。

「大正九年に筆者がはじめて東京へ来て田端の駅におりたときは、いまのところではなかつた。現在の駅の北口（著者注　表口のこと。正確に言えば西北に当る）を出るとすぐ左手の向かひに鉄道病院がある。その左がはの改正道路をまつすぐに行くと動坂へ出るのだが病院のところを左へ曲ると、旧道はだらだら坂になり、ぢきに左へ曲ると道は急なのぼりになつて高台通りに出る。ところがこの駅からのだらだら坂を左へ曲らないで、まつすぐに高いガケの下におりて行くと、そこが形ばかりの狭い駅前広場みたいになつてゐて、右側の線路のきはに小さなゐなかじみた駅があつた。これがもとの田端駅である」

駅の前には人力車のたまりがあった。鉄道病院は大正九年のころにはもちろん一面の芦の生えている沼地で、のちに病院建築のため掘りおこしたときマンモスの骨が出てきた。この巨大な骨は、いまも上野の科学博物館の庭に復元して保存されている。

「秋から冬にかけてからつと晴れた日は、遠く筑波山がうつすらと空の青から区別されて波のやうな形に見える。冬になつてこの高台に吹きつける風を風流めかしく筑波おろしともいつた。

（中略）

沼地の右がはには、高台通りに面して玉突屋と入り口を並べて更科そばと旅館（著者注　松が枝）があつて、それらが汽車の煙でくろずんだ横つ腹を沼の上に見せてゐた。そして左がはには駅からのぼつてきて高台通りへ出るところに沼の上にかかつてゐるやうな格好で白十字の喫茶店があつた」

当時のようすがありありと目にうかぶ描写である。ただし白十字は白亜堂の間違いで、この店は全く崖の上にのり出すような形で建ち、ボックスに坐れば佐伯祐三や長谷川利行の好んで描いた田端駅構内の、いくらかうらわびしい、何ごとかを語りかけてくるような、底に懐かしさを秘めた風景が木の間ごしにながめられた。そして例の鉄道の枕木をそのまま使った黒い長々と続く柵は、もうそれだけでここが田端以外のどこでもないことを語っていた。そして、この白亜堂の床は、歩けばぎしぎしと揺れそうな危さがあった。

犀星のこんどの家は平家の二軒長屋であったが、入口が真中にあって、玄関の二畳がつづき左手に縁側つきの六畳があり、右手には四畳半と台所がある。南に十坪ほどの庭がついていて、沢田家の離れより手広くなった。

室生の移転と前後して、田端六二一番地に越してきた十六歳の少年がいた。平木二六という。父は日本橋横山町で化粧品小間物卸問屋を営んでいたが、身体の弱い二六は府立三中を中退し、二百坪の土地と家をあてがわれ、十頭あまりの山羊を飼い、乳をしぼって暮らしていた。毎日小石川の興真舎から人がきて、この三升から五升ほどの乳を集めていた。母はなく、アメリカ帰りの従兄夫婦と伯母が二六の監督のような形でいっしょに暮らしていた。

一方犀星はこの年、「或る少女の死まで」「結婚者の手記」などつぎつぎと作品を生み出し、世評を得ることができた。久米正雄にいたっては、一九一九年の創作を顧みる批評のなかで、「犀星君の『自叙伝シリイズ』に満腔の愛を捧げる」という言葉を、献じたほどである。

犀星は創作に疲れると、散歩に出る。この散歩道に崖はずれの雑木原があり、ここに二六が朝十時と午後三時には必ず山羊をつれてやはり散歩にきていて、二人はよく出あった。

犀星は山羊の群を詩人らしい和んだ目でながめ、ときには寝藁を干している二六の傍へ寄り、

「どれおじさんに乳をしぼってみせてごらん」

などと話しかけるのだ。

二六は、この長髪の人がかの室生犀星であることを文芸雑誌の口絵で知っていたが、おくびにも出さず、一年余りも顔なじみのつきあいを続けていた。

二六が書きためた作品を携えて思いきって犀星をたずねたのは、早春の小雨の降る日で、犀星は五七一番地から五二三番地の立派な門構えの家に移っていた。

犀星は、二六の唐突の訪問にびっくりもしたが、同時に喜んで書斎に通し、二六の作品をその場で読んで、細かい批評をしてくれた。

今度の家は地所も六十坪ほどあり、書斎八畳、茶の間六畳、納戸三畳、玄関二畳の四間があった。隣家はこのころ府立三中の校長に昇任した芥川の師の広瀬雄であり、前の家は文展の洋画家柚木久太である。

柚木は明治十八年倉敷市玉島に生まれた。太平洋画会に属し、中村不折、満谷国四郎に師事した。明治の末からパリに留学し、島崎藤村の作品「村のエトランゼ」に登場する。ジャンポール・ローランスのアトリエに通って腕を磨き、大正四年に帰朝して文展の特選作家と

なり、大正五年夏に五二三番地に新築して移ってきたばかりであった。

室生の大家の谷脇岩千代は、警察を退職した人で、このころ家作を田端に建て、室生の家の裏側でささやかなつつじ園を営んでいた。室生の家の左隣は秋山といい、細い露地をへだてたその隣が筆者の育った家で、同番地である。筆者の家はやはり大正五年に日本橋の袋物問屋の店を新築する折に、三百坪ほどの土地をここに借り、これまでの古材を運んで家族の保養のために家を作った。つまり、この通りは大正四、五年になって、一面の麦畑がにわかにひらけたものであろう。

さて話を平木二六の犀星初訪問に戻そう。この日の印象を二六は新潮社の室生犀星作品集月報第二号「出会いの頃」に、

「その日のことを私はいまでも詳しく憶えているが、よく磨き込まれた大きな銅の瓶掛けに鉄瓶がちんちん鳴っていた。書棚の蔭には蓄音機とはでな紅い模様の布をかけた鏡台がちんまりと置かれてあった。奥さんはその頃二十四五歳位だったと思うが、大きな丸髷に結って下膨れの血色のよい顔立ちで、あいそがよく、前垂れ掛けの姿でお茶をいれてくださった。私がはにかんでもじもじしていると、お菓子をすすめながら『いっしょけんめいべんきょうしてくださいね』と仰しゃった。室生さんはそのころ立派な髭を蓄えていられたが、その髭をなでながら通りまで出てステッキをふって送ってくださった。私は家へ帰ると昂奮してその日は山羊の世話にも身が入らず、暗くなるまで雑木原を歩き廻った」

とある。

二六が、室生家の通い書生のようになるのは、大正十年の春ごろのことで、およそ病気など知らないはずの犀星が流感にかかり、同じ通りの宮内病院へ入院をしたからである。宮内病院は外科専門であるのにあわてて入院したのは、家が近いし、産月を一ヵ月後に控えていたとみ子夫人に病気をうつさないため、ぐずぐずしていられなかったのだろう。大正七年末から八年にかけて、流行ったスペイン風邪は日本中で死者十五万人に及び、この五二三番地でまず彫刻家の池田勇八夫人が二十九歳で犠牲者となった。夫人は自らも小堀鞆音《ともと》の弟子で日本画家であった。つづいて五歳の広瀬雄家の長女も逝った。その記憶が新ただったからである。

それだけに犀星も、入院を決心したのにちがいない。そして室生家の女中が二六の家に迎えにきて、雑誌社との連絡、原稿の整理などに彼が当ることになった。

が、二週間目に犀星は無事退院した。

この著作のために、三十年ぶりにおめにかかった広瀬未亡人は、室生家について、

「そう、とみ子さんっていいましたか、犀星さんのお奥さんは。毎日午前中に私のうちへ遊びにいらっしゃいました。奥さんの出ようがおそいと『早くいけ』とヤイヤイ室生さんが催促をなさるんだそうです。狭いおうちなので、物を書く方には人がいるのが気にいらないのででしょう。それからとみ子さんは暑くなっても大きな帯をきちんとしめていらっしゃる。『暑いでしょ』

と同情すると、

『こうしてないとお父さんに叱られるのよ』

と言っておいででした。室生さんはそういえば短気な方でしたよ。気にいらないことがあるとパッとお膳をひっくりかえし、『ヤロッ　ヤロッ』と気色ばむんです。金沢弁でやるかやるかということらしいんですが……。そう室生さんはそんなにおいでになりませんでしたが、芥川さんはよく私の家へいらっしゃいました。芥川さんはほんとうにいい方でしたね。ええ室生さんもいい方でしたけれども……」

と未亡人は言葉を結ぶのである。

第五章　作家たち

「無限抱擁」

大正十年三月、室生が田端五七一番地の家から出ると、入れ違いに瀧井孝作が妻のりんと妻の母と三人で入居した。当時は家作も少なく不動産周旋業などもない時代だったから、知人の近くに空家があるのを世話してもらうか、知人の引越しあとを譲りうけるチャンスをとらえるより方法がなかった。室生の出るのをきいて、瀧井が「あとをよろしく」と頼んだのである。家賃は十円だった。

瀧井は岐阜高山の生まれ、少年のときから新派の俳句を勉強し、折柴《せっさい》と号し河東碧梧桐《かわひがしへきごとう》の門下として頭角をあらわした。大正三年二十歳の秋上京、翌年、碧梧桐の主宰する俳誌「海紅」が創刊されると、編集に参画した。

大正十年、このころ瀧井は「改造」の記者をやめ、創作一本で立とうとしていた転機に当る。室生宅にも芥川家にも、その他の美術家連のもとへも、それ以前の時事新報文芸部記者時代に、瀧井は十五、六行の消息欄の記事とりに出入りして親しかった。室生宅では八八や花をよくひいたという。また芥川とは俳句談義で結ばれたのであった。

大正九年「改造」七月号の芥川の「槍ケ嶽紀行」は、瀧井が記者時代にもらったものである。

瀧井の田端住まいはわずか一年だが、その生涯の代表作である「無限抱擁」は、崖上の、いつも道のぬかっている路に面したこの小家が舞台であることを思うと、大へん重味のある一年であった。しかも「無限抱擁」は連作で、最初に発表されたのは第二章であり「竹内信一」と題され、まだ瀧井が田端に住んでいる大正十年八月の「新小説」に発表された。そしてこの「竹内信一」で瀧井は、新人としての力を認められたのだからめでたい。

なお、大正十二年六月には「無限抱擁」と題されて第三章の部分が「改造」に発表され、大正十二年八月に「沼辺通信」が「新潮」に発表された。これが第四章に当る。さいごに第一章の「信一の恋」が大正十三年九月の「改造」に発表されて完結した。

テーマは全く瀧井自身の実生活そのままである。彼は吉原でなじんだ娼妓を愛し、さまざまの曲折の末にやっと世帯をもった。田端へ移ると、早々に妻が寝つき、医師からは肺結核の宣告をうける。文学を志す夫のために、妻は結婚早々髪結の学校へ通い、もともと弱いからだに無理を重ねながら、商売をはじめて倒れたのである。やがて病人は大喀血を繰り返し、ついに回復することなく大正十一年の二月に逝く。自らをほろぼすか、周囲を犠牲にするか、どちらかを選ばなければ文学は成就しなかった、大正時代の話である。

この作品が感傷を交えず、事実をゆるがせにせず、正確な筆致で描かれているために、かえって読者は、酸鼻な死の実体と作者の慟哭を、身に浴びた思いがするのである。

が、わたくしにとっては、大正十年の田端の風物人情が、作品のなかに描かれていることもありがたいことの一つである。

まず、りんの母は越してきた晩に、

「山の中だねえ」

と批評する。それ以前の本郷湯島の下町住まいと比較すると、山中のように閑寂な田端だった。

その母親は娘の病気平癒のために、東覚寺の赤紙仁王に願をかけ、大龍寺の鯖大師にはお百度を踏んでいる。しかし五七一番地の小さな借家群に住む人たちは、女医、私立大学の法律の講師、行商人、会社員、土木技師などだが、肺結核患者の自宅療養をとがめて、所轄の王子警察署に署名連判して訴え、警察医が瀧井家に調べにやってくるという事件もある。

瀧井孝作

田端はそのころ新開の土地で、人情にもザラザラしたものが多分にあったのだろう。美術家や、文学関係者や、その理解者たち以外にとっては、ごく普通の生活が存在していたことを、思い知らされるのである。
また作中に登場する医師は芥川、室生の主治医であり、空谷と号して、俳句と書画をよくする楽天堂医院の主、下島勲《いさおし》であることも興味深い。
そして瀧井の「無限抱擁」の成功には、芥川のなみなみでない教導があったことを、忘れることはできないだろう。

大正八年三月芥川は海軍機関学校を退き、妻とともに田端の自宅に戻り、二階の書斎には「我鬼窟」という扁額を掲げた。いよいよ創作三昧に入ろうという身構えである。ただし、日曜日は面会日に定めてあり、中戸川吉二、小島政二郎、南部修太郎、佐佐木茂索、瀧井孝作など足繁く訪れた。このメンバーで句会もチョクチョク行なわれた。芥川の句が「ホトトギス」に度々載ったころである。

もちろん俳句の世界では孝作の方が先輩で、芥川の指導をする立場であった。その代りに芥川が瀧井の創作を批判する役であった。また瀧井の原稿のあっせんの労を惜しまなかったようすは、大正九年六月三日、水守亀之助宛の手紙に、

「先達ては折柴君の原稿で御迷惑をかけました　早速御採用下すつて難有く存じます」

とあるのでもわかる。

当時の水守は、「新潮」の編集者で、瀧井は短編「祖父」を「新潮」八月号に発表しているのが、この文面に該当する作品であろう。

「筆の鈍いぼくはやっと一章書いて未完の儘持って行ってすぐそれをみてもらった。先生は自分の型にあてはめたりせずに、後進の原稿に就て各自の特色才能を一々実によく認め、本人の未だ気付かん点まで巧妙に引張出して指導された」

と瀧井は述懐している。芥川もこの時期は、周囲の後輩について心を使い、それでも疲れを知らなかった時代であった。ことに瀧井の純粋な人柄と透明な邪心のない創作態度に、芥

川は好意を寄せていたようである。

話にでてくるこの作品は、瀧井の文壇的処女作となった「父」である。これは五十枚の作品だが、このように芥川の指導をうけながら一年かかって書き上げたものであった。「父」は先輩作家の評判もよく、まず志賀直哉推せんで「中央公論」に預けられたが、ボツになった。つづいて広津和郎が「解放」にもちこみ、またボツになり、大正十年になって直木三十五（当時三十三）の手によってやっと「人間」に発表された。これは「改造」の文芸欄を扱っていた瀧井に対する、ライバル雑誌たちのいやがらせだったようである。

瀧井が田端を去るのは、妻の死だけではなく、文壇の空気そのものにも厭気をさしたからだという。そして改造記者時代に知りあった志賀直哉の住む我孫子に移り、志賀の転居のあとを追って京都、奈良と居を移した。この我孫子行について芥川が、

「君の作風はぼくより志賀さんの方があっているから」

とすすめて、いかしたという説がある。この点を「無限抱擁」の作者にインタビューした折、確かめたが、はっきり否定された。芥川の訃報は奈良市上高畑町で知るが、それまでに瀧井は何度も「奈良へ芥川を呼んで住まわせたい」と考えたという。震災後の東京文壇の空気には、太平洋戦争後のそれと似通ったものがあり、芥川が身心を損っていくようすを、瀧井は坐して見ているに忍びない思いだった。芥川の自殺の原因はもちろん一つではないが、少なくとも瀧井と交遊の深かった時代にはその徴候は見出されず、白馬にまたがり黄金の太刀を佩いた、颯爽たる青年騎士のおもかげを宿していた。

芥川に「瀧井君の作品に就いて」という文章がある。執筆されたのは大正十五年六月十四日とあるので、死の一年前であり、すでにいつも死をもとめて憔悴のはげしかった時期である。

「『辻馬車』同人諸君の中に瀧井君の小説を悪評をしてゐるのを見、ちよつと愚見を述べることにしました。どうか神の審判を下す前に悪魔の弁護も聞いて見て下さい。但し愚見は弁護と云ふほど堅苦しいものではありません。

第一に瀧井君の文章です。あれは晦渋を極めてゐるやうですが、決して下手な文章ではありません。のみならず非常に凝つた文章です。わたしは『養子』の文章などには南画めいた筆使ひさへ感じました。手もとに本がありませんから、例を引く訳には行きません。しかしあのごつごつした、飛驒の国に産する手織木綿の如き、蒼老の味のある文章は容易に書けるものではないのです……」

冒頭の部分を引用するにとどめるが、全文は約この五倍あり、但し未定稿となっている。文章の末尾に神崎君（神崎清、『辻馬車』同人）の煽動によりこの文章を草したことが断ってあるが、友情のこもった善意のあふれる文章である。芥川から離れて志賀についた瀧井へ、何もふくむところのない芥川の明澄たる心境におどろく。彼はそんな男だろうか。いや……という思いが頭をかすめる。ただ死を決意して以来の芥川は、周囲に対してとめどなく優しさをあふれさせたことを、多くの人の筆が語っているので、瀧井を文壇の小童どもの投石から、両手を拡げてかばっている感のこの文章も、その一つだったといえるかもしれない。

そしてこの文章は未定稿のまま、どこにも発表された形跡はなく、当の瀧井さえ、この文章は芥川の生前には存在を知らず、全集に収録されたおりに、はじめて読んで感激したものだそうである。

芥川と室生

室生犀星と芥川龍之介がはじめて出逢ったのは、大正六年十二月、日夏耿之介《こうのすけ》の「転身の頌の会」であった。犀星は直感的に、相手を自分とは友人関係の出来る男ではないと考えた。ところが話しこんでみると、案外親密さを感じたので、翌日、東台の龍之介の家を犀星は訪ねたのである。

「いま小説を書いているのだが見てくれるか」

と犀星はいい、

「いやア僕なんぞ」

と龍之介が謙遜するのに、〈しまった余計なことを言った〉と臍《ほぞ》を噬《か》む犀星であった。

龍之介二十五歳、犀星は二十八歳である。

おそらくこれは龍之介の冬休みにはじまった交際なのであろう。

翌年二月に龍之介は結婚し、あいかわらず海軍機関学校勤めは続けていたし、両者の交友も深まる折はなかったもようである。

大正八年六月十日、本郷三丁目の燕楽軒で行なわれた室生犀星の「愛の詩集の会」に、芥川が閉会まぎわにすべりこんできた。これは六月一日に、『第二愛の詩集』を犀星が我鬼窟へ持参した返礼であった。

芥川と犀星はこのとき、加能作次郎、北原白秋と二次会を開く破目になった。その席上、龍之介は寄せ書帖に自分の似顔を描き、

「青蛙おのれもペンキ塗りたてか」と書いた。

その二ヵ月後、作家として犀星がデビューを遂げてからのこと、

「愛の詩集は雲烟渺茫たるところがある」

と芥川が言った。それに力を得て、

「『幼年時代』を読んでくれたかね」

と聞くと、一瞬きっとした表情をうかべ、

「まだ読まないんだ」

と龍之介はこたえた。またあるときは目の前で「改造」の記者に、原稿依頼を残酷な高調子で断ってみせる龍之介に、文壇での位置の開きを、犀星は感じないわけにいかなかった。

「金沢人に気を許すな」と小穴に龍之介がささやいたのは、何時のことなのであろう。犀星の愛すべき点を知りながら、猪突猛進して、詩人から芥川のジャンルである小説を侵そうとしていた、この時期の犀星のことなのだろうか。

それにしても田端には金沢人が多かった。吉田三郎、室生犀星、隣家の広瀬雄、それから室生の許へ集る詩人の中野重治、窪川鶴次郎など。しかし、やっぱり芥川の台詞は、誰でもない犀星その人へ向って放たれた矢に違いあるまい。

しかし、その年の暮に「毎日年鑑」に執筆した芥川の「大正八年度の文芸界」によると、「室生犀星の詩名は既に天下に定評があるが、その処女作『幼年時代』『性に眼覚める頃』の二篇の佳作も亦氏の詩に於けると同じやうに、真情流露の美しさにあると云つて差支へない」

とほめ、『第二愛の詩集』についても、「聞えるものは大河の如きウオルト・ホイツトマンのリズムである」と讃えている。

俳名を魚眠洞《ぎょみんどう》という犀星は、我鬼の龍之介と俳諧を愛し、また陶器を愛する趣味をともにしていた。そのくせ一方は、直情径行の自然児で、一方は、細心の配慮のもとに彫り上げた銀細工の置物のように洗練されており、その正反対のところに、あやうくも友情が成り立っていた。

大正十一年六月、犀星は長男豹太郎をうしなった。庭に埋めて、その上へ石を置いて、ときどき腰をかけてやりたいと思うほど、その愛惜の情は深かった。

悔みに訪れた芥川文に、犀星夫人とみ子が話のついでに、

「私たちオデブチャンは」

と口をすべらした。

文は帰宅して、

「私はオデブチャンなぞではないわ」

とむずかったという。このとき、とみ夫人は十八貫、文夫人は十六貫、愚痴られて困った龍之介は十二貫五百であった。

このエピソードはひどく象徴的である。妻文の言葉に、夫龍之介の心理が鮮やかに投影しているということを、感じるからである。文夫人の性格から考えて推量すれば、相手が恒藤恭夫人だったり、菊池寛夫人だったら言いそうもないからである。

「田端人」のなかでは、

「室生犀星、これは何度も書いたことあれば、今更言を加へずともよし。只僕を僕とも思はずして、『ほら、芥川龍之介、もう好い加減に猿股をはきかへなさい』とか、『そのステッキはよしなさい』とか、入らざる世話を焼く男は余り外にはあらざらん乎《か》。但し僕をその小言の前に降参するものと思ふべからず。僕には室生の苦手なる議論を吹つかける妙計あり」

と軽く書きとばしている。室生の愛すべき点に親しみ、かつ同業としての彼に、いつも一矢を加えるというのが生涯の犀星への変らざる態度であった。これに反して、終始威圧を龍之介から受けていたのが犀星である。犀星は後年「文学的自叙伝」のなかで「芥川君も亡くなられた。僕のどうにもならない無学と野蛮とを、そしてそれが無学と濫作とで自滅するであらう程度に冷笑しながら亡くなられた」と書いている。

また「私の履歴書」のなかで、

「十一月の終りのある日、田端の駅前で芥川龍之介に行き会つたが、かれは私に新年号はもう書いたかと聴き、私は昨日原稿は渡したと答へたが、芥川はこれから帰つて書くのだといつた。芥川は書く方は遅い方であるが、それはたんに遅いといふだけではなくて金箔を打つやうに打つ人なのだ、当時からの声名はただ一人神のごとき存在であつたが、それだけに一日かかつて二枚とか一枚あてを『中央公論』に渡してゐた。芥川が遅く書くといふことと私が早くに原稿を書いて渡したといふことを照らし合せて、其処に私の仕事のぞんざいさとか、いい加減に書きまくつてゐる疑ひを持つ不愉快さがあつた。芥川が書いてゐる間いんいんとしたあるすごい物音があつても、私には瓦石をつみかさねる音しかないやうに感じられ、散歩をやめて帰つた程であつた」

と述懐している。犀星は、大正十二年から十五年にかけて約二百編の小説を書いている。右の話はそのころの田端路上でのできごとであろう。

この「私の履歴書」は、昭和三十六年虎ノ門病院で入院中に、医師の目を盗みながら書いたものである。十一月十三日から二十五回にわたり、「日本経済新聞」に連載され、犀星は自ら「最後の文学歴を書き終えた」と称した。そしてその言葉通り、翌年三月虎ノ門病院へ再入院して永眠している。四十年近い月日のために、「私の履歴書」には客観性が強く働いているのは当然である。また、芥川の遂に到達し得なかった文学的境地を切り開いた自分である自信が、右の文章のなかでいさぎよく、自己分析している原因であろう。しかし当時の犀星が、果して同じように冷静であったかは疑わしい。

軽井沢のつるや旅館で芥川、萩原朔太郎、朔太郎の妹たちと花札を遊びながら、花札を度々切りそこねた犀星が芥川になじられると、花札を畳の上に叩きつけて自分の部屋にとびこみ、ふとんをかぶって寝てしまったこともある。

芥川が、犀星にしたようなそんな子どもっぽい行動を、かつて人に見せたことがあるだろうか。その龍之介がさらに犀星を評するのに、

「室生犀星は、ちやんと出来上つた人である」

などと書くのだから、室生は恥ずかしかったに違いない。同時に腹の立つこともあったに相違ないのである。

次の話は芥川の晩年である。室生犀星と萩原朔太郎と芥川龍之介と三人が、田端の料理屋で鰻を食べた。そのとき芥川が、

「室生君と僕との関係より、萩原君と僕との友誼の方が遥かにずつと性格的に親しいのだ」

と言い出した。

三人が別れるとき、室生は朔太郎に皮肉を言った。

「君のやうに二人の友人に両天秤かけて訪問する奴は、僕は大嫌ひぢや」

芥川の顔にチラと悲しい色がうかんだ。

芥川の交遊関係はけだし複雑多岐華麗である。誰にも彼にも、友情と親切を押し売りするようなところがある。下町育ちの軽やかな本質が、それをさせているときもないとは言えない。しかし彼が一層ハッスルするのは、他人の友情に割りこむときである。もし小島政二郎

が永井荷風に傾斜していなかったら、芥川は、彼にもっと違った友情の示し方をしたにちがいない。

広津和郎と、大げさに言えば刎頸の交わりとも言えるつきあいをしている宇野浩二へも、ねっとりとした友情の示し方を行なっている。

佐藤春夫が谷崎潤一郎の親友でなかったら、のちに佐藤春夫をして、「わが龍之介像」を一冊書かせるほどの材料を提供するほど交際しただろうか。まさに疑わしいのである。特に朔太郎と犀星との夫婦のような情愛のなかに、臆面もなく入りこもうとした龍之介は、罪せられねばなるまい。

ともあれ田端に住むこの二大作家は、それ故に互いを意識し、互いに皮肉をとばし、互いに威圧をうけあったことに間違いはない。そして芥川は、秀真や下島や小穴のような、純粋文学者ではない人びとのかげに憩ったのであろう。

一方室生は、芥川のからかい、冷笑、裏切りをくぐりぬけ、自殺など少しも考えず妻子を愛して生涯を終っている。

広瀬雄夫人が、戦後（昭和二十九年五月）馬込の室生家をたずねたときである。リヤカーが庭さきに置いてあるのに理由をたずねると、

「何かあったとき、妻をのせて連れて逃げるんです」

と犀星はこたえた。とみ子夫人は昭和十三年脳溢血で倒れ、以来半身不随のまま、室生家の一室で寝たきりの生活をつづけていたからである。

昭和三十四年、筆者は駿河小山という富士山の麓の山深い町に住んでいた。都会の塵のなかでより暮らしたことのない人間にとって、それは全く退屈な毎日であった。もとより、いまのように公害などの叫ばれなかった時代であるから、ただ恋しやと東京の空ばかりながめていた。ここに住んだ三、四年は、ほとんど読書だけをしてすごしていたように思う。いま思えば信じられないほど、生活は質素なのだが、とびきりぜいたくな時間の使いようをしていたものである。そして、そのころの読書のなかで一編の作品だけを挙げよと言われたら、ちゅうちょなく私は犀星の「蜜のあはれ」を挙げるのである。

配達された「新潮」を開いて、あの小説にぶつかったときの感動はちょっといい表せない。犀星はほんとうの小説を七十歳にして書いたと思った。毎号待ちかねて読み、若くはない犀星の滴るエロティズムが、行間からゆらめく妖しさに酔った。

「幼年時代」で素朴な味で世に出た犀星が、ついに龍之介をはるかに越している。シュールの小説は、その後もいろいろの作家が日本文学でも試みているが、「蜜のあはれ」を上越す作品にお目にかからない。芥川こそ室生犀星の最大の敵であり、また最大の恩人だったのではなかろうか。

暮鳥忌

瀧井のいた大正十年には、五七一番地から室生の五二三番地へいく道の途中の二階家に、詩人の福士幸次郎が住んでいて、瀧井はよく遊びに行ったという。

福士は、明治二十二年青森県弘前の生まれだから、室生犀星と同年である。はじめ郷里の先輩佐藤紅緑（作家佐藤愛子の父君）について俳句を学んでいたが、明治四十二年以来詩作に転じた。大正元年には「スバル」に詩を発表、大正三年には第一詩集『太陽の子』を出版しているので、室生より一歩先にデビューした詩人だったといえよう。デカダンから出発した作風は、次第に思索的傾向をつよめ、『太陽の子』にいたると生命力に満ちた理想主義的なものに転換をとげていた。

犀星と朔太郎の詩誌「感情」の第四号「現代詩人号」には福士の詩「猟師」が、北原白秋、三木露風、高村光太郎、日夏耿之介、山村暮鳥などに伍して掲載されている。

このころの詩壇は大きく三つにわかれていた。その一つは三木露風のひきいる難解で晦渋の古典詩風で、これに柳沢健、富田砕花、川路柳虹、西条八十等が袂を連ね、「象徴派」と称されていた。これに対抗する一派が「自由詩派」であり、福士幸次郎、山村暮鳥、加藤介春などが属していた。犀星らの「感情グループ」は一番後輩だが、なるべく通俗平明の日用語で、率直な感情を謳いあげるのが趣旨だったので、象徴派とは相容れず、自由詩派の人たちと接近した。つまり象徴派に対して共同戦線がはられたわけである。福士の田端住まいが、室生と関係があったかどうかはわからないが、大震災のときには深川で罹災しているから、田端住まいも、それほど長くはなかったのではあるまいかと推量している。彼はこれを機に帰郷して方言詩を唱え、詩における音律研究を行なうようになり、さらにその後は次第に興味を民俗学に移して、詩と離れていった人である。

が、田端在住のころの福士は、第二詩集『展望』を出版したころで、ややクラシックなものに心ひかれていた時代であった。大正九年六月、万世橋駅上のレストラン・ミカドで開かれた「展望の会」に室生犀星が発起人となっているのも、両者の友情の証しといえるだろう。

大正十四年の犀星の年譜に、「福士幸次郎の上京を迎え小宴をひらく」という項がある。犀星は福士の盟友でもあり、「感情」の終始同人であった山村暮鳥の死を悼んで、この年十二月八日、田端大龍寺（正岡子規の墓所）で暮鳥忌をはじめて営んだ。主催は朔太郎と連名である。暮鳥忌は毎年続けられたらしく、次に昭和二年に土田ふじ子宛発送された案内をうつしてみよう。

拝啓暮鳥三回忌法修致し候間御出席下されたく用意等これあり候間御一報煩度願上候

於　田端大龍寺

十二月五日午後二時

夕餐　二円五十銭
兼題　暮鳥忌一句　山茶花二句

幹事世話人　萩原朔太郎
室生　犀星

十二月一日

とある。この暮鳥忌は、萩原と室生の詩壇の地位の高さからか、詩人達がほとんど出席という盛会であった。

第六章　隣の先生

しこの鬼妻

芥川龍之介の小品「東京田端」には、
「庭木に烏瓜《からすうり》の下ったのは鋳物師香取秀真《ほつま》の家」
とある。

鋳金家香取秀真の家は緑が多く、その間に赤い烏瓜が点々となっているようすを、いつも龍之介はめでていた。そして秀真を、烏瓜の先生とか、隣の先生とか呼んで、田端時代を親しんだ。

香取家が田端へきたのは芥川より早く、明治四十二年八月で、最初は日暮里花見寺前より東台通り四三三番地に住まった。これは秀真が、北海道室蘭市の戦争記念碑を鋳造するため、大きな仕事場を必要としたので、親友の板谷波山が田端にいたためにやってきたのだ。

その後大正三年十月末に芥川家が隣家に移ってきたが、大正六年はじめには、香取家が田端四三八番地に新築して移った。といっても、これまで芥川家の向って右隣だったのが、左隣に移ったにすぎない。

地坪は二〇〇坪ぐらいだが、母屋は階下が十畳二間、四畳半二間、六畳二間、台所も十畳、それに洋間と書庫つき、二階は六畳、十二畳、長四畳という大きな家で、これに鋳造所、原型を作る部屋などが別棟にあった。部屋数の多いのは、香取家が子沢山だったためもあったにちがいない。

秀真は本名を秀治郎といい、明治七年千葉県印旛郡船穂村に生まれた。明治三十年に東京美術学校の鋳金科を卒業している。秀治郎は幼少から歌をよみ、明治三十一年正岡子規が根岸短歌会をおこすと、岡麓、伊藤左千夫、長塚節らとともに、その第一回から参加し、このころから雅号として秀真を名乗った。

秀真の長男香取正彦宅には、いまも当時の古はがきが一枚残っている。明治三十二年十一月十七日、正岡子規より小石川区原町一六、香取秀真にあてたものである。

「牛ヲ割キ葱ヲ煮アツキモテナシヲ
喜ビ居ルト妻ノ君ニ言へ
我口ヲ触レシ器ハ湯ヲカケテ
灰スリツケテミガキタブベシ
正チヤンヲ誰ヤラニ似ルト思ヒシハ
ラフエルロガカキシマドンナノ耶蘇」

正ちゃんとは明治三十二年一月十五日生まれの正彦のことである。子規は香取家を訪ね、食卓をともにしたのだろう。脊椎カリエスの自分の使った食器の消毒について、注意を促している。

秀真は、この年四百五十余首の歌を作ったというから、子規に深く傾倒をしていたとしても大変な勉強ぶりである。しかしその前年、折角与えられようとした東京美術学校助教授の椅子を断わったので、赤貧洗うが如しであった。そのため三十三年の秋、妻のたまが正彦をおいて家出をした。

秀真の歌集「天之真榊」に次のような文章がある。

「十一月十六日根岸の大人より手紙きたりぬ。何事もなくて歌二首のみぞうすくれなゐの薄様にしるされける。

垂乳根の母に別れて夜なく子を
もるとしきけば吾さへなかゆ
振ひ立つ時いま来たり妻をなみ
君ふるひたつ時今きたり

乳児をうちすて置きて妻の家出しぬること何れよりもれ聞えけむ」

秀真はこのあと師の子規のもとへ鬼妻と題するうたをよんで返している。

いものしを貧しきものと緑子の

わく子を捨てて出でし妻はや
鬼にかも似たるあが妻うまし子の
乳飲児すてヽいでし鬼妻
鬼妻と思へるものをあやしくも
吾が恋やまずしこの鬼妻

芸術家の生活が苦しく、妻がどんなに苦しんだかは、田端の文士美術家の主治医ともいえる下島勲医師や、高台通りの歯科医中村嘉両《よみす》医師が一番知っている。三円ぐらいの薬代、治療代を払うのに、六ヵ月ぐらい伸ばすのは上の口で、払いがいいのは芥川さんだけだったと申し合わせたように語っているからだ。板谷家などでも、まる夫人は、右は男もの、左は女ものの チビた下駄を常用していたと言い伝えられている。このときの妻の蒸発がこたえたものか、秀真は作歌を捨て鋳金に没頭し、三十六年にはかよ夫人と再婚、美校の講師になっている。


再び秀真が歌を作り出すのは、大阪から織物の龍村平蔵が上京して、一夕芥川龍之介と秀真とが、自笑軒に招待された。その席上で龍之介と平蔵からさかんに、

「ぜひもう一度、歌をおやりなさい」

とすすめられ、心が動いたためだという。

大正八年十一月二十三日、芥川が佐佐木茂索に出した手紙のなかで、

「二、三日前　香取先生や龍村さんと一しよに飯を食つて両先輩の半生の話を聞いたらしみじみ僕などは増長しすぎると思つた　香取先生が米塩の資にも困つて前の細君が逃げてしまつた話や龍村さんが破産して自殺もしかねない気になつた話などは僕一人聞くのさへ勿体ない　両先輩と自笑軒を出た時などはほんたうに名人伝を読んだやうな気がした」

とあるのは、このときのことである。

文中、前の細君とあるのは少々正確を欠く表現である。秀真は再婚したかよを明治四十三年に失い、その妹の要と翌々年に結婚した。大正八年のころ、家庭にあったのは三度目の要夫人である。そして逃げた細君というのは最初の妻のたまなのだ。が、要もこの三年後に死んで、昭和三年に至って四度目の妻たけ江を迎える。三腹にわたる五男一女の子どもたちと継母。その複雑な環境とたたかいながら、秀真は、制作の労苦と日本の美術界における工芸の地位を、向上させることにつとめなければならなかった。従って、もし芥川が隣へきて作歌を強力にすすめなかったら、秀真は歌人として復活したかどうか、疑わしいと思えるのだ。

　　籐のステッキ

　即事

寒むさむと竹の落葉に降る雨の

音をきゝつゝ厠にわが居り
雨の音の竹の落葉にやむ時は
鋳物師秀真が槌の音聞ゆ（十一月十二日）

大正の末の田端の静かな空気が、こちらに伝わってくるような龍之介の歌である。彼は隣家の香取秀真とは互いに贈物をしたりされたり、心のどかな交際を十年間行なった。大正七年六月の松岡譲宛の手紙の内容で、このころすでに秀真と往来のあることがわかるが、やはり海軍機関学校の教師を辞して田端へ腰をすえてから、親しみが深まった。

「香取秀真、香取先生は通称『お隣の先生』なり。先生の鋳金家にして、根岸派の歌よみたることは断る必要もあらざるべし。僕は先生と隣り住みたる為、形の美しさを学びたり。勿論学んで悉《つく》したりとは言はず。且又先生に学ぶ所はまだ沢山あるやうなれば、何ごとも僕に盗めるだけは盗み置かん心がまへなり……」

右は、大正十四年の「中央公論」三月号に発表した随筆「田端人」のなかの一節である。二人は同業ではなく、しかも十八歳の年齢差と秀真の包容力は、才人龍之介にとって一種のオアシス的存在だったろう。また二人は、性格的にはちがうところがありすぎたようである。何しろ明るい場所を好まない龍之介と、その正反対の秀真との書斎が、ちょうど垣をへだてて向いあっていたくらいなのだ。

田端の文人と美術人の親睦会に道閑会があり、鹿島建設の重役鹿島龍蔵を中心として、会場を持ちまわりにしながら集り、一パイやりながら清談を楽しんだが、おそらく龍之介は、秀真の紹介で仲間入りしたものであろう。

文中、龍之介は秀真によって形の美しさを学んだと喜んでいるが、彼もまた、秀真の読みたいという上田秋成の『雨月物語』を、わざわざ友人小島政二郎に借りてとどけたり、花瓶の沿革が『枕草子』にあることを教えたり、秀真には尽くしている。

二人の交歓のようすを、歌の献酬によってさぐってみよう。

四月五日、出雲国美保が関なる美保神社の横山氏よりわかめを送り来る。となりの芥川氏へ分けてやるとて、

　春浅き出雲のうみにうつろ船
　こぎいでて刈りしにぎわかめぞも

とあるのは、大正九年の秀真の詠で、これに対する龍之介の返歌は全集中に見当らない。

また、同じく十二月に、

　下嶋国手に
　鴨一つさゝげまつらく寒き夜を
　煮てを焼きてを召していねませ

という歌が、秀真にあるが、

　鴨も御歌も難有うございます。
手賀沼の鴨を賜る寒かな

わが庵や鴨かくべくも竹柱

という、大正九年十二月十八日に秀真にあてた芥川の句と手紙があるので、手賀沼の鴨は両家に贈ったものだったことがわかる。

またその返礼として、龍之介から秀真に十二月三十日蜆が贈られた。

信州諏訪の湖の蜆少々ばかりしんじそろ

山国の蜆とゞきぬ春隣

万葉の蛤は句の蜆かな

襟巻のまゝ召したまへ蜆汁

臘末　　我鬼拝

香取先生侍史

これに対して、

しなぬなる諏訪の蜆を汁にして

年忘れせむうれしきたまもの

しなぬなる新そばの粉と思ひきや

諏訪の蜆のめづらしきもの

年が明けて一月四日には、こんどは秀真の方から龍之介に便りがあった。

ひとり酌みて酔ひていねつゝ酒のみの

君ならぬをばかこつ雨かな

これには、封筒に東南離芥川龍之介とかき一月九日に至って返礼があった。
この間は御歌を難有うございました。悪歌を御返し致します。

一杯の酒ものまねど夜語りの
あとはうつべしわれをよばさね

両者の手紙の使いは、芥川家の女中、香取家の書生か子どもたち、というところであろう。龍之介は会わせたい人があるとか見せたい絵があると、隣の先生に一筆啓上して訪問を乞い、また自分からも気軽に訪れた。

また龍之介はこの年三月、社員となっている大阪毎日新聞社から中国に特派されたが、風邪のために一週間大阪で足ぶみし、上海にやっと上陸してからは、乾性肋膜炎で三週間も入院した。その後ようやく回復して、七月末まで各地を視察したが、龍之介の健康は、これを機に弱っていった。

十月、湯河原中西旅館に滞在して静養につとめたが、睡眠薬なしには一睡もできないほど神経衰弱の症状を示した。十月十二日に秀真に絵葉書を寄せている。文中に、

世の中のおろかのひとり自《し》がやける
楽の茶碗に茶をたうべ居り
世の中のおろかのひとり翁さび
念仏すと思へ湯壺の中に

とあり、これに秀真は、

秋寒きいで湯にひたり物思はず
念仏してあらば願ふ事なけむ
伊豆の山心なぎの葉かざしつゝ
湯にし入り居らば病なからかむ

と返した。

芥川の有名な籐のステッキの握りの龍の頭は香取秀真の作品と伝えられているが、これはあやまりで、秀真の長男の正彦（大正十四年美術学校鋳造科出身）の作品である。

正彦の直話によると、ある日龍之介が、

「ステッキの握り、どうかしら」

「ああこしらえましょ」という話になった。

普通なら銀で作るのだが、真鍮で鳳凰と龍と二つ作り「どちらでも」というと、芥川は「龍之介だから龍がいい」といいながら、二つとも受けとり愛用した。このステッキのために、彼が女連れである料理屋にいるのを、久米たち友人に露見してしまったことがあった。そのくらい彼とこのステッキは密接な関係にあった。龍之介の死後は、かたみとして佐藤春夫が鳳凰をもらった。

正彦は、この他にもポプラ倶楽部の会員メダルを作った。また、芥川道章が亡くなったときの香典がえしの「梅花文」の灰皿も、正彦の作である。梅に鶯がとんでいる図柄で、方十センチのものである。

東台クラブ

大正九年三月二十六日の夜、龍之介が異常にきづいて書斎から庭を眺めると、香取家の離れの羽目を焼けぬいた火が、ちょうど両家の境の椎の生垣に移っているところだった。香取家はもちろん芥川家も総出で裸足のまままとび出して水を運び、ともかく六畳一間の離れだけで消しとめ、他へ延焼は免れた。

これは身よりのない牧という老人を気の毒がって香取家でひきとり、離れを建てて住まわせていたが、老人の外出中の火の不始末からおきた火事であった。が、秀真はそのあとも老人の落ちつき場所のため奔走した。波山の洒脱な人がらに比べ、謹厳で毒舌家の秀真だったが、心は暖かく、おとこぎのある人であった。牧は器用な人でうるしの修理をしたり、東台クラブが夜まわりするときにこの老人に頼んで、大時代の龕燈《がんとう》を造ってもらったりした。東台クラブは東台町会ができる前の親睦会で、大正十年から四年間日本画の山田敬中が、このクラブから滝野川町会議員に出ていた。

「田端は芸術家の集まりなのに、代表を町会へおくらない話はない」

と敬中が言い出し、自ら立ち当選した。敬中は横山大観と同じく、明治元年生まれの川端玉章門下で、東京美術学校の教壇に立っていた。明治三十一年、学校に岡倉天心とその一派を排斥する陰謀があり、岡倉は三月職を辞した。このとき敬中は橋本雅邦、横山大観、下村観山、寺崎広業、菱田春草、小堀鞆音らとともに連袂辞職をした。そして岡倉によってつくられた日本美術院に参加、のちには官展に復帰し帝展審査員となった人である。

敬中の家は、田端駅裏口を上った旅館のわきにあった。

この山田敬中のあとを襲って香取秀真が、大正十四年から町会議員となった。

また堆朱彫の二十代目堆朱楊成、本名豊五郎が、谷中から田端へきたのは大正九年である。はじめ白梅園の隣り、蒔絵の都築幸成の家を買い、震災の年の七月、芥川家のすぐ近くに新築が成って移った。この家は田端御殿などといわれ、建坪七十坪ほどだが、倉つきの数奇をこらした豪邸だった。豊五郎は明治十三年生まれなので、板谷より八歳、香取より六年若い。

堆朱家はもとは和田姓で、鎌倉時代北条義時に誅された和田義盛の一族であった。京都へ逃げ、食うにこまって漆彫をはじめたのが、今日の堆朱彫の起りではないかと、二十一代目である堆朱克彦氏は判断している。足利家に仕え、足利義詮時代に、後光厳天皇に堆朱堆黒の香盒を献上し、そのときの礼状がいまも堆朱家に残っている。もともと堆朱の技術は中国の創始で、このとき元時代の堆朱の名手である張成、楊茂の二人にも負けない出来であるというので、楊成という名乗りを下賜された。

八代義政時代に法印の位を得て、門入となのった。江戸時代になると御細工所筆頭となり、御絵所の筆頭狩野家とならんで日光東照宮の仕事をした。熨斗目《のしめ》、長袴、大紋長袴の着用を許されている。大勢の職人の総元締なので、資産も豊かだったが、あるとき火事を出し、何万両という貸金の証文を焼いたために、いっぺんに貧乏になってしまった。

通称豊五郎の楊成は、若いとき日本画家佐竹永湖の弟子となった。永湖の父永海は越後人で、谷文晁の飯炊きとなり、認められて絵筆を握るようになった人である。豊五郎は永湖の養子に望まれたが、実家の兄が死に、堆朱家のあとを嗣ぐために断った。豊五郎の楊成も日本美術院派で、谷中に住んでいたが、横山、菱田、下村一党が岡倉に従って五浦に移るとき堆朱家は従わなかったものである。

田端へ来たころは二階から荒川が見えた。

はし近く帆をおろす船は橋すぎて
帆をはりにけり春の川船
という秀真の歌と、楊成が水を、秀真が船を描いた合作の一幅の墨絵が、堆朱家にいまも大切に保存されている。

彫ったものに漆をかけるのが鎌倉彫、だが堆朱は何百回となく漆をかけたものに彫るので、どんな細いものでも彫ることができるのが特徴である。

堆朱家では箱や、塗師屋《ぬしや》が作成した香盒、香盆、卓《しょく》、文庫、硯箱などに図案をして彫刻するのが仕事で、豊五郎の功績は、これまでの中国風の図案から日本風のものに変えたところにあるという。何しろ塗りだけで六年もかかる。それに繊細な彫りを施すのだから、経済的にも苦しい仕事である。が、新潟県長岡の実業家で楊成のパトロンになった人があり、そのため安心して制作に励むことができた。

板谷家で盛大な夫婦喧嘩がおきると、波山は香取家に難を避けたが、堆朱家が田端に移ると、まる夫人はここが泣き場所になった。楊成の妻タツが、まると同じ福島の人だったからである。

楊成は、のち芸術院会員になった。波山、秀真、楊成の白足袋三人組のなかで一番年若であるのに、最初に逝った。昭和二十七年十一月三日、日展審査中に心臓発作で倒れたのである。

大正三年移住の芥川家とほとんど同じころ、その裏手に偶然移ってきた小山栄達は、小堀鞆音の門下で武者絵を得意とした人であった。どういうわけか借りた地所に通路がなく、やむなく芥川家と香取家の間に小道をこしらえて、通してもらうという不便なことになった。

芥川が自殺したとき秀真は、

死ぬるすべ知りける人は思ふまゝに
眠りてさめずなりにけるかも
みづからを詩のうちに見てこの世をば
去りにし心あはれとぞ思ふ
みづからの影をうつせる影絵をば
追ふが如くに逝きし人はや
父母は老いていませりめぐし妹と
かなしき子等とのこりいませり

と詠んだ。

秀真が波山とともに工芸界につくしたことは前述した。昭和四年に東京美術学校の教授になり、このころ、とげぬき地蔵で有名な巣鴨高岩寺の梵鐘原型に、陽起銘文と文様をつけている。

昭和二十八年文化勲章を受けた。またも板谷波山といっしょである。年が明けて一月十二日に歌人として、宮中歌会始の儀に召人となって参内した。帰宅後疲労のために発熱して肺炎を併発し、三十一日に逝った。八十歳であった。

第七章　道閑会

鹿島龍蔵

板谷波山の貧窮時代の話である。波山は貧乏のどん底にあっても、自分からは決して借金にはいかないたちであった。いつも妻のまるが働いた。波山が借金に出たのは生涯に二度だけであった。その一度が鹿島龍蔵《かじまたつぞう》で、まると夫婦喧嘩をしていたために、やむなく波山がでかけたのである。その金で牛肉を買い、子どもたちを喜ばしたという。

鹿島龍蔵

大正三年のころ田端光明院（一〇〇番地）の地内に地所を借りて、田辺至がアトリエを建てていた。田辺は明治四十三年の美校の洋画出身で、文展の入賞作家である。同じく田端の住人で、彫刻家の北村四海の仲人で結婚し、居を田端に定めたのである。ところが大工が金を受けとったまま工事途中にして逃げてしまった。途方に暮れた田辺を助けて、アトリエを完成させてくれたのがやはり鹿島龍蔵である。

鹿島龍蔵は、明治十三年、深川区木場二丁目十三番地に、鹿島岩蔵の長男として生まれている。鹿島組は、天保十一年に岩蔵の父岩吉によって創始された。当時は京橋に店をかまえ、主に大名屋敷の施工に当った。岩蔵の代になり官界との関係も深く、いよいよ盛業となり、明治十三年からは、はじめて鹿島組と名乗っている。さて、龍蔵は一高に在学していたが、あそびすぎで二度落第した。そこでイギリスのグラスゴーへいき、グラスゴー大学で造船学を学び卒業した。いざ帰国というときに日露戦争がおこり、兵隊にとられるから帰るなと両親にいわれて、アメリカと濠州に遊んで帰国したという。

「少年西洋に在りし為、三味線や御神燈を見ても遊蕩を想はず、その代りに艶《なまめ》きたるランプ・シエエドなどを見れば忽ち遊蕩を想ふよし」

と芥川龍之介は、例の「田端人」のなかで、龍蔵を述べている。

帰国した龍蔵は、神戸の川崎造船所につとめ、そのうち岩蔵が年をとったので、鹿島組によび戻された。岩蔵は明治四十五年に亡くなったが、鹿島組長の地位を襲ったのは、龍蔵の姉糸子の婿である精一である。この二人の間の娘が鹿島卯女で、その夫が鹿島守之助である。精一は、昭和五年株式会社鹿島建設が発足すると、その初代社長に就任している。現在の鹿島建設社長は、守之助卯女の長女伊都子の夫渥美健夫である。代々、優秀な女婿によって社運を伸ばすのが、鹿島家の方針であるらしい。鹿島龍蔵は重役として精一をたすけ、生涯鹿島建設のスタッフではあったが、一方、書、篆刻、謡、舞、長唄、常磐津、歌沢、狂言、テニス、スケートと、驚くほど多趣味の人であった。住居を田端に移したのは、明治四十五年

森田恒友（左）と田辺至（右）

ごろである。それまでは根岸に住まっていて大水にあい、高いところに住もうと田端の西台の大根畑のただなかへ移ってきたものであった。

鹿島家は子福者で八男一女があり、家は子がふえるにつれて建てましを重ねたが、建設会社の経営者の住居らしく、凝ったものであった。庭には芝生があり、そのころには珍しい、コンクリートでかためたテニスコートがあった、場所は田端駅表口からだらだら坂をのぼり、高台通りを中里方面へ約三〇〇メートル進んだところにあった。のちに平木二六や室生犀星が住まったところに近い。鹿島家の前は天野という貴金属工場であった。室生や柚木久太、広瀬雄、池田勇八たちの住む五二三番地の通りは、徒歩四、五分のところにあった。龍蔵の子女はみな滝一（滝野川第一尋常小学校）に通い、小杉未醒や吉田白嶺、香取秀真、板谷波山などの子女と同世代であった。

龍蔵の文化への深い理解とその財力は、彼を田端の美術家のパトロン的立場におき、美術家文人たちのサロンの中心のような存在にせずにはおかなかった。板谷波山や田辺至のような人たちばかりでなく、多くの人たちが折にふれて龍蔵の助けを得たことは、細かく調査したら枚挙にいとまないだろう。例えば香取秀真の遺した目録によれば、大正七年だけでも一月に龍蔵に誘われ長野草風（日本画家、滝野川中里に在住）とともに九州に旅行し、五月にはまた「鹿島氏に誘はれて西下」の文字が見え、十一月にも「三たび鹿島氏に誘はれて西下」の文字が見える。秀真の嗣子である正彦さんに確かめると、

「一切の費用は鹿島さん持ちでした。昔は誘われると、誘った人が必ず金を出したものですよ」

という、のどやかな答えである。とすれば、秀真の遺した記録に見るだけでも、あるときは龍蔵の舞阪の別荘に招待されたり、吉野山に伴われたこともあり、大変な費用である。

龍蔵は、田端在住の美術人すべてと親しかった。なかでも、いつも家庭に出入りしていたのが文展審査員をつとめる田辺至で、これは梁田貞（「城が島の雨」の作曲家で動坂に住んでいた）が毎週きて、鹿島一家でコーラスをやるのに参加するためであった。このときには、龍蔵の長女で音楽学校の生徒の縫子が、ピアノを弾いた。

大正十一年一月、田端人である小杉未醒、倉田白羊、森田恒友、山本鼎などが、主なメンバーとして加わっている「春陽会」が発足した。龍蔵は当然パトロンとなってバックアップ

した。龍蔵が一番愛した作家は、なかでも森田恒友であった。収集した恒友の作品は多かったが、龍蔵の遺言によって、国立近代美術館にすべて寄贈されている。

龍蔵の嗣子鹿島次郎家に残っているものに、日本美術院作家たちの色紙帖がある。吉田白嶺の刀による鳳凰の彫のある木板で第一表を飾った。倉田白羊、大内肅観、荒井寛方、中村岳陵、下村観山、横山大観、長野草風、森田恒友、石井鶴三、長谷川昇、富田渓仙、木村武山、小林古径、安田靫彦、小杉未醒、中村紫紅、前田青邨等が、ひとりひとり心をこめて彩筆した豪華なものである。

大正丁巳歳孟春と記した笹川臨風の賛もある。大正丁巳は大正六年である。また「大雅堂八景」という小杉未醒絵、板谷波山作陶の扇面形小皿一揃いあり、また鹿島の表札は香取秀真作である。なお龍蔵の書画における雅号は唐升《とうしょう》といった。これは龍蔵のクリスチャンネームがトーマスであるのを、もじったものである。

会員たち

この鹿島龍蔵を中心として、田端人のなかで、飲んだり食べたりしながら、気楽なおしゃべりをする会ができていた。これが道閑会、または道歓会とも書かれているものである。名前の由来については不明である。なお道閑会と誌しているのは芥川で、道歓会と記しているのは田端の医師下島勲である。

会員は龍蔵、秀真、未醒、芥川龍之介、久保田万太郎、吉田白嶺、山本鼎、森田恒友、下島勲、これに美術評論家の北原大輔、脇本楽之軒等が常連であり、これに、そのときに応じて会員の誰かが、出品と称して自分の友人である芸術人を連れてくることもあった。菊池寛や木村荘八や泉鏡花なども、出品された口である。

発祥は大正八、九年頃といわれている。会場は持ち回りだったが、費用はやはり鹿島龍蔵の担当ということだったらしい。

冠省　道閑会の件につき幹事よりも御手数を相かけ申訳無之候扨いよいよ十日午後五時より自笑軒に開催いたす事にとりきめ候間何とぞ右鹿島小杉両先生へ御申達下され度平に願ひ

上候当日は菊池の外に大彦の主人（老人の方と思ひ候へどもこれは多摩川に居り引張り出すのも気の毒と存候間若い方にいたし候）を出品いたす可く候右とりあへず当用のみ

頓首

十一月七日　　芥川龍之介

香取先生侍史

とあるのは、大正十二年の道閑会のことらしい。そして、文面によると芥川が幹事の折のことではなかったかと思える。会の通知は、いつも香取秀真より芥川へと流れてきていることが多いのに、このときは芥川から香取家へ決定事項を流している。

自笑軒で行われた道閑会　前列左より芥川、北原大輔、野上豊一郎、香取秀真、鹿島龍蔵、後列左より下島勲、一人おいて宮崎直次郎夫妻

このときのものか、自笑軒での道閑会の写真が一葉ある。自笑軒では、客が帰るとき、門までの道を女中が提燈で一人ひとりの足下を照らす、やさしい習慣があったという。いかにも大正らしくまた文人、画人たちの好む宿らしいではないか。

また、大正八、九年ごろ鹿島家で行なわれた道閑会のことを、下島勲が次のように記録している。この日芥川は、泉鏡花を道閑会に出品した。

「鏡花さんの噂さは、予て聊かながら聞知してはゐたがさてお逢ひして見ると全くもつて純真そのもの――否や、何とも言へぬ珍無類の存在だといふことを知つた。（中略）

この時の会はたしか十人ぐらゐだと思ふのだが、その十人が十人誰れひとり臍をよらぬ者とてなく、那《あ》の小杉放庵君の如き斯ういふ不思議な真人は我々絵かき仲間などのうちには薬にしたくも見当らない。洵に得がたい国宝だ……など、感歎の叫びを挙げたほどだ。兎まれこの時の道歓会は、全く鏡花先生の一人舞台だつたのである。
　酒は余り強い方ではないらしいが、時々――戴くなら熱いところを……などといひながら、ご機嫌の余り大酔されたので、芥川君、香取秀真君並びに老生と三人が、交るがはる肩にかけて動坂まで送り出したのだつた。途すがら、もつれる舌を甜めずつて――吉原へ行かう……などとおつしやるのだつた」

　大正八、九年というと、泉鏡花は四十七歳、鹿島龍蔵は三十九歳、小杉放庵（このときはまだ未醒だが）三十九歳、香取秀真は四十五歳、筆者の下島勲は一番老人であるが、それにしても五十歳であり、芥川龍之介に至っては弱冠二十七歳である。最初のつまずきとも思える中国旅行にも出る前で、意気盛んのころであった。このころ龍之介は、秀真を香取老などと小穴隆一の手紙などに書いている。四十六歳は大正時代の感覚ではまさに老だったのであろう。となれば、鏡花老が「吉原へ行こう」とわめくのは、ずいぶんおかしく思われたにちがいない。
　次は、香取秀真家で行なわれた道閑会のもようを、下島日記より抄出しよう。
「十三日　晴
午後五時半より香取秀真邸で道歓会を開く。会する者鹿島龍蔵、小杉放庵、久保田万太郎、芥川龍之介、北原大輔、脇本楽之軒、木村荘八、拙者等であつた。面白い話しの連続と酒の勢を発揮して徹夜の宴となつた。聞くところによると、北原脇本の両君は翌十四日午後四時近くまで飲んでゐられたさうである」

この晩はとくに面白い話がつぎからつぎへと出て、座は弾んだ。酒の勢いで徹夜の宴となりそうになったので、万太郎と下島はひそかに脱出し、それぞれ帰宅して寝についたのだが、下島は病人ができたという口実で電話でよび出され、とうとう徹夜をつきあわされたという。酒ののめない芥川も、つきあいのよい江戸っ子のつねで、大いに座持ちをしたにちがいない。

なお、右の下島日記は、昭和二年一月十三日の会のことで、この年七月二十四日に自殺した芥川にとって、あるいはこれが最後の道閑会だったのではないかと想像される。すでに義兄西川豊の家が全焼した。ところが焼ける直前に少なくない保険金がかけられていたことがわかり、放火の嫌疑を受けた義兄が鉄道自殺を遂げた。そのあと始末のために龍之介は奔走をしなければならなかった。また龍之介自身もこの前年からいっそう神経衰弱、不眠の症状は深まり、死の覚悟が固まっていた時期である。

もっと想像をたくましくするならば、下島を電話でよび戻したのは、人なつかしくてならなかった龍之介ではないかと思われる。

この道閑会に出席している万太郎は、芥川の小品「田端人」のなかにも一人前に登録されているのだけれども、彼は純粋の田端住人ではなく、いわば準田端人なのである。

万太郎は、龍之介の府立三中での一年先輩である。もっとも彼は数学が不得意で四年に進級できず、慶応の普通部三年の編入試験を受けて転校をしている。万太郎は浅草馬道で育った。それが震災のために両親や弟妹と別れ、妻京と長男耕一と三人で、大正十二年十一月、日暮里渡辺町筑波台に水入らずの暮らしとなった。ここは芥川家のある坂を下り、與楽寺、田端脳病院のすぐ裏手に当っている。朝日一本喫う間に下島医院につけるのだから、準田端といえる場所であり、芥川との交際が深くなっていく。

二人は逢うとなぜかすぐ俳句の話になった。

「どうだいこの句は」と芥川。

「面白くないな」と万太郎。

「芭蕉だぞ」と芥川がタネ明かしをしてよろこぶ。芭蕉の有名でない句をわざわざ探しておいて、万太郎をためすのである。こんなことから万太郎は、また俳句に意欲を持つようになり、龍之介と歌仙を巻いたりする。ここでも龍之介の教化力を感じないわけにいかない。昭和二年五月に万太郎は、処女句集『道芝』を出したが、その序文は龍之介が書いた。

北原大輔

道閑会に登場する酒豪に、北原大輔がある。下島勲、香取秀真、小杉未醒、鹿島龍蔵、久保田万太郎につづき、最後に北原大輔の名が「田端人」にも挙げられている。ある出版社刊の芥川全集の「田端人」の注によると、北原大輔（一八八七―一九五七）、アルス出版社社長。北原白秋の弟とあり、また阿蘭陀書房主とかいてある箇所もある。そこで筆者は、いまもお元気で「アトリエ」を経営していられる北原白秋の弟、北原義雄さんに電話をかけてみた。阿蘭陀書房主北原鉄雄は、またの名を大輔というのかなと考えたからである。しかし義雄氏から、鉄雄と大輔とは関係がないことを教えられた。

（人も知る芥川の処女出版『羅生門』は阿蘭陀書房から刊行されている）

「北原大輔、これは僕よりも二、三歳の年長者なれども、如何にも小面の憎い人物なり。幸にも僕と同業ならず。若し僕と同業ならん乎《か》、僕はこの人の模倣ばかりするか、或はこの人を殺したくなるべし。本職は美術学校出の画家なれども、なほ僕の苦手たるを失はず」

と芥川龍之介の文にあるので、大輔は美術学校出であったことがわかる。一方鉄雄の方は、

「慶応に在学したことはあるが、美術学校は関係がなかった」

という義雄さんの言葉からして、両者は全く別人だったと断定していいだろう。

はて、北原大輔とは何者だったろう。なお芥川の文章は、

「只僕は捉へ次第、北原君の蔵家底を盗み得るに反し、北原君は僕より盗むものなければ、畢竟得をするは僕なるが如し、これだけは聊《いささ》か快とするに足る。なほ又次手につけ加へれば、北原君は底ぬけの酒客なれども、座さへ酔うて崩したるを見ず」

といった調子で続く。芥川特有のミステリアスな才気縦横の文章である。そして、

「北原君の作品は後代恐らくは論ずるものあらん」

と念押ししてあるから、「この主人公は絵描きである」と思った。

が、調べてみると、北原大輔は、美校の日本画を卒業しているが、帝室博物館に入って陶磁器主任となった人で、陶磁器の収集と批評にかけては天才とうたわれ、生涯を終った人であることが判った。天才とうたわれ、しかも画筆を捨てた原因は板谷波山にあった。波山の家の書生をしていた鷹巣と大輔は美校で友人であるので、波山の家に出入りしているうちにその作品に魅されて、ついにこの道を歩んだのである。田端に居を定めたのも、そのためと考えてよいだろう。芥川が「後代恐らくは論ずるものあらん」と賞めた絵も、下島勲の『井月句集』の装幀にそのあとを残すにすぎない。ただ信州の富家に生まれた北原は、生涯財を傾けて、これはと思う美術品を買いつづけた。

芥川のところへ北原を同行してひきあわせたのは、下島勲である。時期は、芥川が我鬼窟にこもった大正八年の秋ごろと推定される。下島は北原と郷里が近いために、その仲人を務めている間柄である。二人が我鬼窟についたのは夕方だったが、つがれたコップの冷酒をなめながら主客の談話はつきず、下島は睡魔にたえられないで、先に自宅に帰ってしまった。翌朝七時ごろ、気になった下島が芥川家を訪ねてみると、いま北原が帰ったばかりと龍之介がニヤニヤしていた。初対面の人のところへ出かけて徹夜をするとは、「やりおったワイ変人先生」と下島も内心舌を巻いた。そして北原の芥川観が振るっている。

「芥川氏は実におしいものだ。なぜ小説など書くのだろう」

というのだ。

「じゃあ、なにになったらいいんだい」

と下島。

「そうだなア大学教授にでもするとステキだなア」

と北原は憮然とした調子でこたえるのだ。

若いときは、二、三昼夜ぶっ通しで飲み明かすことなど日常茶飯の北原は、それではどんな不敵な面構えの男かというと、自笑軒における道閑会のスナップに見るように、小柄できゃしゃな外観だった。

だが変人先生と下島が言うように、一癖も二癖もある人物である。彼の家をうっかり訪ねると、

「少々お待ちください」

と玄関で待たせる。三十分も一時間も放っておいて、客がしびれをきらせたころ客間に通すが、この間に北原は、酒の仕度と料理の手順をすっかりすませ、味も自分で調え、この料理にはこのいれものと、何もかも台所の方に自分で指図をすませないと、気がおさまらない。食魔の北原は一流の料理人でもあった。しかも器は名品揃いである。北原の門をたたく風流人が、たえなかったのも当然だろう。下島などがどこかへ一緒にいくことがあり、誘いにいったときも、彼が便所へはいるのを見たら一度自宅へ帰り、一休みしてからまた誘いにいった方がいい。

一枚のはがきを書くのに、七、八枚を費すことなど珍しくない。同じく道閑会の同人であ

る美術評論家脇本楽之軒とは、酒、論ともに好敵手で、ある日論争つきず、ついに腕力で雌雄を決せんと格闘したというエピソードがある。が、この話とはうらはらの細やかな神経の持主であった。

　以来、芥川とは往来があり、大正十二年八月一日付小穴隆一宛の芥川の書簡中にも、「昨夜一時頃迄北原君の所にゐたすゐ大分見た」と、知らせている。大分見たは、もちろん北原秘蔵の陶磁器の類である。芥川が生前愛好していた蓬平の墨蘭は、北原から贈られたものである。遺書で、親友中の親友である小穴に贈ることを指図したのも、この蓬平であった。

　北原は博物館の内と外に多くの人を育て、戦災で田端の家を失ったのちも、また戻り、昭和二十六年五月に六十一歳で逝った。夫人（速水御舟の妹）は昭和七年に先に亡くなっているので、二人の子息を、お手伝いを指図しながら男手で育てたのである。

　もし久保田万太郎を田端人に数えるなら、同じ渡辺町一〇〇四に、大正九年から戦災で焼失の日まで住まっていた野上豊一郎、彌生子夫妻も数えなければなるまい。また吉江孤雁、石井柏亭もいた。

　野上家と親しかった田端人は、「潮音」を主宰していた歌人の太田水穂で、彼は妻の同じく歌人四賀光子と、大正八年田端二八三番地に新築中の家を求め、二田荘となづけ、昭和十四年鎌倉に移る日まで住んだ。そのあと嗣子の青丘が、戦災で焼失するまで住んでいる。

　二田荘は田端駅裏出口から田端脳病院へ向って坂を下り、脳病院前を右折、最初の露地を左折して約十五間ばかり行った右側にあったというから、芥川家にごく近い位置にあった。

屋廂《やびさし》にとまり雀のくるころは
　書きくたびれて吾もゐるころ

これは大正十五年冬、二田荘での太田水穂の詠である。

また、大正から昭和にかけて、挿画の第一人者であった岩田専太郎は、大正十五年秋のおわりから終戦まで、田端住まいだった。はじめは小さな借家だったが、だんだん大きな家にうつる。岩田家には、林唯一、志村立美など仲間の絵かきがよく集って相撲をとったり、スケッチの勉強会を開いた。

第八章　王さまの憂鬱

空谷山人

「本郷菊富士ホテル」の取材のために逢った松下喜平が死に、水道橋昌清寺で行なわれた葬儀に列なった。彼は都内の病院の作業夫として住込みで働いていたが、ある日起きてこないので、同僚がドアーを蹴破って部屋にとびこむと、高熱でうめいていた。すでに結核の末期で三週間後には、本郷菊坂で店を構えている兄の名さえ、ついに打明けないままに逝った。

下島勲

一高生のとき坂口安吾に傾倒し、彼の放浪時代を、経済的にもある期間支えた彼は、安吾文学に殉じ、破滅人生をひたすら歩むことを貫き、ついに玉砕をとげたのである。

個性的な文学者の周辺には、喜平のごとく献身的なファンの姿を発見することが多い。文学が好きで好きでたまらない人たちである。

空谷・下島勲もそういう性質の一人で、田端へこない前にも江見水蔭と角力をとったこと

を嬉しがったり、軍医時代日清戦争に出征して、金州で森鷗外に出あい、西洋美人の月旦をして、

「君は美人がわかるんだね」

と言わせたのを、名誉に思ったりしている。

下島は、明治三年ごろ、信州伊那の小作が二、三軒もある自作農の長男に生まれた。十三歳のときに、父の銀側時計と八十六銭だけを失敬して、年長の友と故郷を出奔したが、たちまち熊谷駅でポン引につかまって、浅草の大きな酒屋の小僧にやられた。ビン洗いばかりさせられていたが、これが落第ときまり、上京五日目に駒形の足袋屋にやられる。ここでは女の子の守りが役目で、浅草界隈を歩きまわる余得があり、割合のんきだった。先輩の職人に馬鹿にされたのが口惜しく、ある夜相手の勉強していた日本外史をとり上げて、節面白くよんだので、またも即刻チョンという次第になった。この辺までは下島は書きもし、人に語りもしたが、その後の軍医になるまでの十年間については口をつぐみ、いま下島家を継いでいる甥の連氏にも一切謎なのである。また、生年についても確実な資料があるわけでない。

いま残されている自筆の軍歴書の断片と、下島の随筆集『人犬墨』によって記せば、明治二十八年三月二十八日、陸軍三等軍医（少尉相当）として、第二軍兵站監部附となって東京を出発し、四月六日金州着、以来十二月まで野戦病院で働き、東京に帰任し、明治三十二年二月には、陸軍二等軍医（中尉相当）に昇任。翌年北清事変に中国に出征し、三十四年には台南の陸軍衛生病院唯吧呢《たばた》分院にあり、また日露の役が開かれると、乃木将軍の第三軍に所

属して出征したもようである。

妻のはまとは日露戦争のころ結婚し、大本営のあった広島で世帯を持った。戦争終結後しばらく経って軍隊を退き、明治四十年に、田端の三四八番地で開業医となって新しい出発をした。この時期は香取秀真の移居、小杉未醒の新築などとほぼ同じころである。下島の退官は、本人が個性的で軍隊組織が体質にあわなかったからと、甥の連さんは語っている。また田端に地を定めたのは、はま夫人の里が王子岩淵にあったためと、勲ははじめ鉄道医の嘱託を受けているので、その関係もあったのではあるまいか。田端は当時山手線の起点であり、鉄道の施設もあり、鉄道関係の官舎も多くあったからである。

開業医としての下島は責任感強く、患者には親身になって尽くし、しかも薬料については寛大で、「医は仁術」を実践していた人であった。患家は経済不安定の美術家や文士が多かったのだから、当然はま夫人は苦労しただろう。

勲は大きな声で、

「そんな無茶をしたら知りませんよ」

などと、診療室でどなることが多かった。

「大博覧会敷地トシテノ田端」と題し、田端ノ里人と署名した明治末年の下島の文章が、甥の連さんのもとに保存されている。これは大正三年の「大正大博覧会」の敷地として、田端が主要地として着目されたために、住民の反対意見を上申しようとしての草稿の下書きらしい。

「……数年来市ノ膨張ノ結果トシテ新築戸数ガ増加シツツアルガ、単ニ貸地ニスルノデ、土地ヲ売却スル者ハ殆ンド無イノデアル。之レハ土地ヲ一人デ多ク持テ居ル者ガ少イノト、土地ハ彼等ガ土着的生命ト思ツテ居ルカラデアル。即チ、虎ノ児ノ様ナ大切ナ土地ハ、祖先伝来モノデ、金銭ヅクデハ手放シ得ヌ伝習的愛郷的ニシテ都人士ノ夢ニモ知ラヌ美徳ヲ以（ママ）テ居ルカラデアル。此ノ熱烈ナル愛土心ハ彼ノ有名ナル谷中村事件デモ善ク表ハサレテイルガ田端村土着ノ住民ハ恐ク之ニ一歩ヲ譲ラヌ程ノ愛郷心ヲ蓄ヘテ居リハセヌカト思ハル」

とある。かつて筆者の育った五二三番地の家も家作もすべて借地で、地主と再々売れ売らぬの交渉を、祖父がくり返していたのを覚えており、また前にも触れたように、芥川・香取・小杉をはじめオール田端人たちが借地人であるが、右の下島の文書にその背景が述べられてあるのは面白い。

芥川と知りあったのは大正四、五年で、龍之介が帝国大学を卒業する年のことであった。最初は患者と医師との関係にすぎなかったものが、たちまち文学の友として、二十二歳ほどの年の開きも何のその、大いに肝胆相照らす仲となった。

芥川にしてみれば、いよいよ文壇に飛翔する日、昨日の友はすべてライバルとして目に映じる。そのとき隣家の歌よみの鋳物師《いもじ》や、空谷と号して南画を描き、字を書き、骨とうを愛し、仕舞いをする医師などは、心を安らげる話し相手にもってこいだったのであろう。

が、下島の方はこの交際のはじめについて、

「実を申しますと当時私としましては、何となく理想の中で需めてゐた人にでも、偶然逢つ

たやうな心持ちがしたのであります」と告白をしている。

むろん、下島の心に忍びこんだ、そんな心のゆらめきを見逃すような芥川ではなかった。

「……さて懇意の度が深まるに随つて、そろそろ書を勧めて来るのでした。それは西洋各国小説の代表的傑作といふものでした。尤も嫌ひでないから若干は読んでゐたのです。初めはマアこれを読んでごらんなさい。――これも読んでごらんなさい――といふやうなことでしたが、これを是非お読みなさいになり、遂にはこれを読む必要がありますにまで発展して来たのです。もともと下地は好きなり御意はよしで、つい三四年ばかりの中に、――かう申しては変かも知れませんが、ルネッサンス後の代表的小説と称せられる翻訳書のあらましは読んだことになつたんださうです」

「だからマア西洋文学に対する概念を摑むことの出来たのは、全く芥川君の指導によつたわけでありまして、率直に申しますと、芥川といふ人はもの好きな人物で、この老人に先づある程度の基礎新知識を吹きこみながら、当時の文壇殊に自分の新作を味あはせ、一面自分の話し相手としたり批評の聴き手としたり――といつたやうなことになるのではないかと思はれぬことはありません。この点からいふと、私の先生だつたり柔順な友人だつたりといふことになると思ひます。併しこれがために自分の抱いてゐた研究が中止になつてしまひました。がそんなことは勿論犠牲にして悔ないほんとの魂の幸福を得たわけであります」

これは東京中央放送局で昭和九年二月二十八日、午後六時二十五分からの趣味講座で「芥川龍之介君の日常」と題して行なった下島の話の一節である。眉目清秀の、わが子ほどの年齢に当る天才的な文学者芥川に、全身で魅され、彼の糸操りのままに踊りを踊る正直で勤勉で真面目すぎる老医師の姿に、微笑をおぼえる。

下島の研究とは博士論文のことであろう。この犠牲は、龍之介の自尊心を深く満足させたにちがいない。

「あなたはバイロン卿に似ている」

という下島の言葉を、

「ありがとう」

と受ける龍之介。芸術家には無条件な鑽仰者がぜったいに必要な存在だったことを、改めて思い出さずにいられない。

『井月句集』

下島の文学への関心は、その幼年時代に伊那谷を乞食して歩いていた、井月《せいげつ》という俳人の日常を見聞していたことが、遠因となっている。

井月は、いつも古ぼけた竹行李と汚れた風呂敷包みを振り分けにし、ひょうたんを腰に、しらみを供にして、トボトボと歩いていた。犬に吠えられ、子どもにからかわれ閉口しながらも、俳句の好きな家をここに三日、かしこに五日と泊り歩く。自分から物をねだることはなく、いつも袴をはいているところも、普通の物乞いとは違っていた。酒仙とよびたいほどの酒好きで、書が巧みで、常にだんまりであった。嬉しいときものどかなときもほめるときも、「千両、千両」というのがくせ。全く無欲で人と争ったこともなく、礼儀正しい人物でもあった。井月は明治十九年、行き倒れて逝くのだが、生涯によみすてた句、一千五百句あり、天明以後の俳句の、レベルのもっとも低い時代に、蕉風を伝えた俳人としての井月の存在は稀少価値がある。

大正八年ごろ、龍之介の書斎「我鬼窟」には、河東碧梧桐の弟子で折柴と号する瀧井孝作、孝作が紹介した、俳誌「海紅」の同人で一游亭と号する洋画家小穴隆一、小穴が連れてきた碧梧桐の高弟の小沢碧童と遠藤古原草などが集っては句作し、俳談に花を咲かせていた。下島も度々同席し、句作も勉強した。多分この人たちのすすめがあったのだろう。

大正九年になると、下島は『井月句集』を自費出版することを思いついた。それは一所不住のために、井月の句はあちこちに詠み捨てられたままになり、捨てておいては散佚する一方であることを惜しんだためであった。

鯉が来たそれ井月を呼びにやれ

と龍之介も、大正九年六月下島宛の手紙に書いて戯れている。

下島は、郷里の弟下島富士に頼んで、伊那谷一帯に散っている井月の句を集めさせることにした。いそいだのは、やはり井月を尊敬していた父、下島筆次郎の元気なうちにこの本を見せたかったためである。やがて一千三百句ほどが集った。芥川が跋を書き、装幀は香取秀真と北原大輔、題字は高浜虚子、内藤鳴雪、寒川鼠骨、小沢碧童の豪華メンバーで『井月句集』が出版されることになった。この決定と依頼には芥川の協力が大きかった。

『井月句集』の編集は下島だが、本の体裁、レイアウトの面は、これもすべて龍之介の案によるといってもよろしい。が、中国旅行後の疲労で、芥川は湯河原に静養することになり、いまは創作に専念している瀧井孝作が、芥川の依頼で万事を代行した。空谷山房刊と奥付に記されたが、いわば田端人がよってたかって手助けした、むしろ田端山房刊とでもいいたいような本が、大正十年十月二十五日に誕生した。

本が世に出ると、無名の俳人井月は、下島の予想以上に世評に迎えられた。内田魯庵は「芭蕉よりウマイ」と持ち上げて、空谷を苦笑させた。

また書家としての空谷の名があがったのは、全く芥川の書斎の扁額「澄江堂」を揮毫したために他ならない。

芥川の書斎は大正八年「我鬼窟」と名づけられ、一高時代のドイツ語の教官菅虎雄（白雲）に書いて貰った。大正十年三月より、中国に視察旅行をした芥川は七月末に帰宅したが、そのあと下島は、

「我鬼窟を澄江堂と変えたいから書いてほしい」

と頼まれたのである。この変更は、中国旅行で終始病気に祟られ、帰国してからは神経衰弱で鬱々としていた龍之介が、心機一転を期したためと思われる。下島は、すでに大作家となっている芥川には、素人の自分の筆跡ではふさわしくないと辞退したが、結局懇望もだし

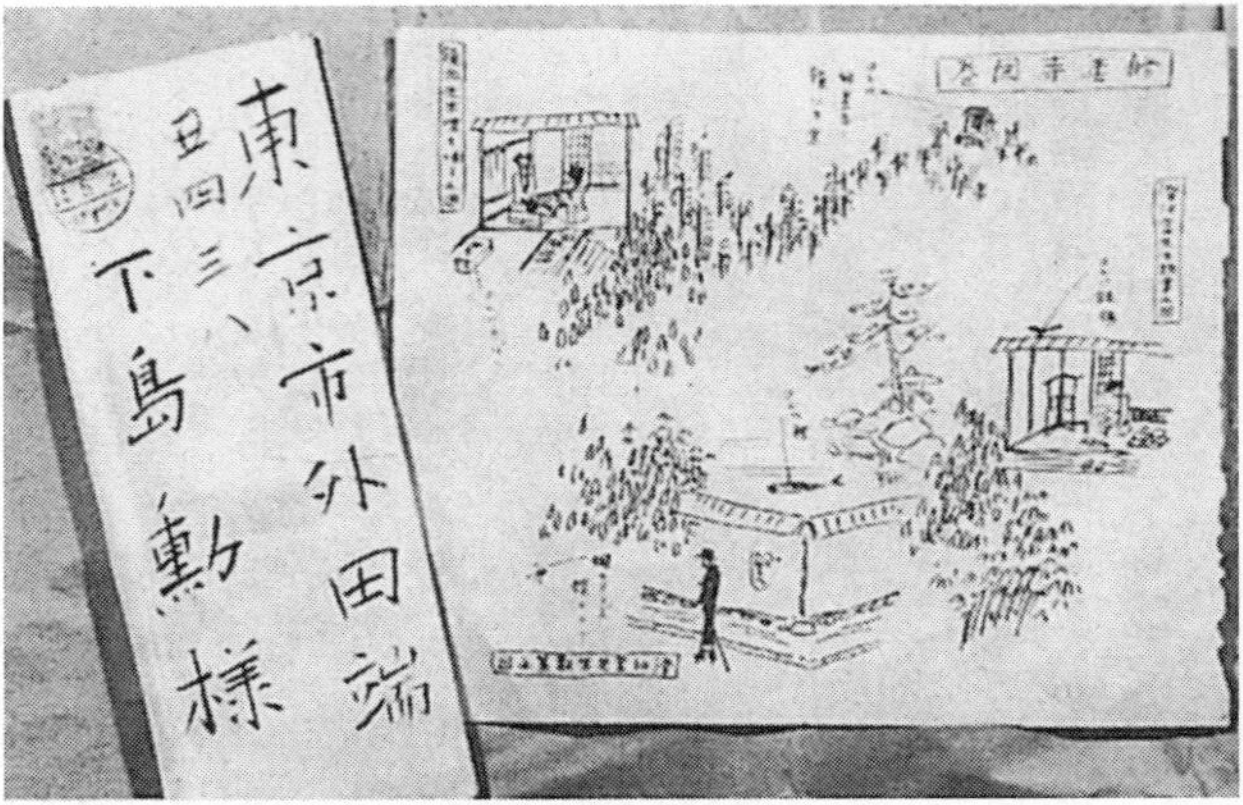

芥川が下島勲に宛てた自筆「修善寺図巻」

がたく筆を揮うことになった。

その前年の三月、芥川家に長男比呂志が生まれるとき、初の産室用として使う六枚折の中屏風に、下島は乞われて李白の詩、

問余何意棲碧山　笑而不答心自閑
桃花流水杳然去　別有天地非人間

を書いている。

めでたく、空谷山人書の署名による澄江堂の額が芥川家におさまったのは、翌年の一月中旬であろうか。大正十一年一月二十一日付の小穴隆一宛書簡に、はじめて澄江堂主人の署名を発見する。文壇人の出入りがはげしく、その一挙手一投足が好話題となった芥川の書斎のこと、たちまちこの額が評判になって、下島のもとへ染筆の依頼が多くなった。佐藤惣之介の「営蠅廬」の額、徳田秋声の書斎の額、自笑軒のためには茶がけ等々である。また校正の神さまと言われた神代種亮に頼まれて、「書物往来」の題《だい》

簽《せん》を書いたのをはじめとして、室生犀星、久保田万太郎、佐藤惣之介の著書、啄木全集などを手がけた。ことに室生犀星を中心に中野重治、堀辰雄などの発行した同人雑誌「驢馬」の下島の書いた題簽は、「読売新聞」で激賞された。

芥川は、古武士のような市井の一老医師にいのちの火を吹きかけて、井月研究家、個性的な書家として名をなさしめたといえないであろうか。他人の才能の有無を予見することに、霊能者に等しい直感力を持っていた芥川である。その人のなかの眠っている才能を発掘し、花開かせることに手腕を揮うことに無上の喜びを感じていた芥川であった。彼ほどの博労の手にかかって名馬にならない者があろうか。

縞絽の羽織

大正十二年六月末の暑い日、山本有三に誘われて、芥川と下島は、新富座へ六代目尾上菊五郎の「鏡獅子」を見物にいった。そのころ山本は、上富士（市電で神明町のつぎの停留所）に住んでいた。下島家に落ちあい、三人は動坂から自動車を飛ばせた。

その帰途である。出がけから下島の縞絽の羽織に見とれていた芥川が、

「どうもイイねー山本君。いまこんなイイ柄ゆきのものはどこをさがしてもありゃあしない」

などといっている。そのうち谷田橋に一行がさしかかった（谷田橋というのは、動坂から下島家へいく途中にある）。とうとう、

「先生、この羽織をボクにくれませんか」

と芥川が申し出た。

「イヤお易いご用です。これは大分昔のはやりで、その上、私にはもうハデですからめったに袖を通さないのを、今日は芝居見物だというので、せいぜい若返って着たんですよ。あなたが貰って下さるなら、羽織も私も大喜びですよ」

と下島がいうと、芥川はこどものように大はしゃぎだった。

羽織は翌朝届けられた。やがて縫い直されたその縞絽を着る龍之介を、下島は目を細めてながめるのだった。

その年の十二月三十一日、大彦（芥川の小学校時代の同級生の父の経営する有名な呉服店）で作られた袴が、羽織の返礼として芥川から下島家に届けられた。その奉書の包みに、

たてまつるこれの袴は木綿ゆゑ絹の着ものにつけたまひそね

と歌が書きつけられてあった。

下島は数年後、往時回想の句として、

ある日の芥川龍之介

なで肩の痩せも縞絽の羽織かな

と感慨を残している。

しかし、この挿話にはもう少し裏があるように思う。ちょうど新富座見物のころ、下島は都会生活に疲れ、また父筆次郎の死後の家の都合などで、郷里の伊那へ引き上げようかと考え、龍之介に意中を打ちあけたのである。

「そんなことをしてくれてはボクはもちろん、ボクの一家が困ります。ぜひ思い止って下さい」

と龍之介は、顔色を変えてとどめた。

下島の医術に関しては、龍之介は深く信頼をしていたもようである。文夫人の弟の塚本八州の診察に、神楽坂まで芥川自身が下島を案内していくくらいであった。まして芥川家には三人の老人と幼児たちがいる。次男多加志は大正十二年六月消化不良で、一日に三度も下島の診察をうけるほどであった。だが芥川は、下島を医者として敬する以上に、何でも打ち明け、無条件に自分をうけいれてくれる友人として、より価値を認めていたのだろう。下島に郷里へ帰ってくれるなといい、羽織をほめた揚句欲しいと甘え、いくらか動揺している老友の心理をぐいぐいとつかんでいく龍之介。自分の人間的魅力について自信もありながら、また下島を離したがらない淋しがり屋の芥川の性格が、はっきりうかがえる。

大正十五年三月、下島の養女行枝が、小学校六年卒えたばかりで肺炎で急死した。

更けまさる火かけやこよひ雛の顔　龍之介

うちよする浪のうつつや春のくれ　万

若くさの香の残りゆくあはゆきや　犀星

などの悼亡句が寄せられ、田端文人たちが多く葬儀に連なり、少女文壇葬の感さえあった。龍之介らの悼亡句は、下島の郷里に建てられた行枝の墓に彫りつけられた。

なお下島の患家には、芥川龍之介のほか室生犀星、久保田万太郎、萩原朔太郎、瀧井孝作、堀辰雄、宮木喜久雄、平木二六、野上豊一郎、北原大輔、脇本楽之軒、北村四海、北村西望、窪川鶴次郎、岩田専太郎などがあった。

葬儀のあと芥川は犀星に、

「こんどこそ下島先生は郷里へ帰るのではないかしらん」

とささやいて案じ顔だったという。

しかし自決の年の三月になると、

「先生は田舎が好きなら、もう引っこまれても差支えがない」

などと、もらすようになっていた。

下島の日記によって、昭和二年一月の芥川との交遊をしらべてみよう。

芥川は前年の暮より鵠沼に滞在中だったが、二日、田端に帰宅した。知らせをうけると下島は、早速三日の午後に訪問している。ちょうど芥川は嘔吐最中で下島が診察し、鎮静剤を与えた。そのあと熟睡している龍之介の枕頭で、明石敏夫という新進作家と夕方まで話しこんだ。

四日、夜小穴隆一と澄江堂にいき、主人夫妻、平松ます子（文夫人の友人で、のちに芥川の死のスプリングボードになるはずであった問題の女性）とカルタをして十時半に帰る。
九日　漱石忌。夜龍之介は夏目家へ行くといって、下島家に立ち寄る。
十三日　道閑会が香取秀真邸で開かれ、龍之介、下島ともに出席。
十四日　澄江堂にいき、奈良から上京した瀧井孝作と同伴の犬養健に逢った。
十九日　夕方澄江堂。
二十八日　夜澄江堂で夜を更す。
三十一日　夕方往診の帰途澄江堂へ寄る。
ということになる。一ヵ月間に八回も会っている。もちろんこの八回のなかには、下島の職業上の訪問もふくまれていたかもしれない。この時期は、芥川がすでに心中深く死を決していたときであり、三十一日から二日にかけて、芥川は小さな家出を行なっていた。恋人の一人と目されているおかみのいる、鎌倉小町園に身をひそめていたのである。なお、日々の行動もすべて彼の自殺願望に結びついていると言えるのだが、いまはとりあえず下島の芥川家訪問の回数の多さに、両者の親密度の深さを知るにとどめよう。
この年七月、芥川がついに自殺をとげると、そのさいごのみとりをし、死亡宣告をしたのは、もちろん下島であった。そして東台通りの知友の間に流れたのは、
「下島さんの薬で死んだ」
といううわさである。小穴隆一はその随筆「二つの絵」で、龍之介が鵠沼へいくからと下島さんをごまかして睡眠薬をまとめて受けとり、それを使用したと書いているが、或いはう

わさのもとはそんなところかも知れない。下島、小穴は、芥川の側近としては一番彼と深い関係を持っていた。龍之介が死んだあと、彼らがあるときは同調し、あるときは反発する姿は、龍之介というブレーキの欠けたために、それぞれの本心がのぞいた結果にほかならない。

　　芥川龍之介逝く

　枕べのバイブルかなし梅雨くもり

　　永久に眠れる龍之介を写す小穴隆一

　顔をてらす昼の燈しや梅雨くもり

の二句を空谷は、逝ける年少の畏友に手向けている。

下島家では、芥川を「龍ちゃん、龍ちゃん」と呼びならわしていた。その龍ちゃんの死と同時に下島は全く田端への愛着を失ってしまった。昭和二年、すでに彼は六十歳である。医術にたずさわるのも辛いほど、一時は心が弱った。が実際に田端を去るのは、昭和十一年の暮で、望む人のあるままに家を譲り、市外吉祥寺へ住居をうつした。

　三十年以上住みなれし田端より

秋風の吹くがまにまに居を移す

　やがて市外武蔵野町関前に土地をみつ

芥川と久保田万太郎（大正 14 年）

け、新築をして移った。空谷は昭和二年から南画を正式に習い出し、関前に移ってからは日がな一日絵筆を握っていた。医業は田端を去ると同時に捨てている。随って晩年は書家、随筆家として聞こえ、ラジオに出演したり、「中央公論」や「文藝春秋」に執筆している。芥川の魔法の杖に打たれた成果である。

太平洋戦争がはじまってのち郷里に帰り、十八年に倒れて病床につき、昭和二十二年に伊那で逝った。

行燈の会

小穴を厳密な意味での田端人に数えるわけにはいかないが、短期間とはいえ彼は田端に二度下宿している。奇しくもそれは芥川と知りそめたころと、終りに当っている。八年間、芥川の親愛をほしいままにした彼は、田端の芥川家でも準家族の扱いであったことを思えば、やはり彼をここに挙げないわけにはいかないであろう。

小穴、芥川との交際のはじめは、何時だったのだろうか。芥川は久米正雄に託した遺書という形で「或阿呆の一生」を書き、これは死後発表されているが、そのなかで、「二十二或画家」として、

「それは或雑誌の挿し画だつた。が、一羽の雄鶏の墨画は著しい個性を示してゐた。彼は或

友だちにこの画家のことを尋ねたりした。

一週間ばかりたつた後、この画家は彼を訪問した。それは彼の一生のうちでも特に著しい

事件だつた。彼はこの画家の中に誰も知らない詩を発見した。のみならず彼自身も知らずに

ゐた彼の魂を発見した。（以下略）」

と記している。

龍之介は「或阿呆の一生」について、久米正雄宛書簡の形で、

「僕はこの原稿を発表する可否は勿論、発表する時や機関も君に一任したいと思つてゐる。

君はこの原稿の中に出て来る大抵の人物を知つてゐるだらう。しかし僕は発表するとして

も、インデキスをつけずに貰ひたいと思つてゐる」という有名な言葉をはいている。が、私

は彼の意志に反してインデキスを「或画家」即ち小穴隆一の稿についてつけてみよう。

「或雑誌」というのは「海紅」という俳誌で「或る友だち」とは瀧井孝作である。そのこ

ろ、時事新報の文芸部記者となっていた瀧井孝作が、芥川のもとへ河東碧梧桐の主宰の俳誌

「海紅」を持参したのだ。瀧井はこれより以前、大正四年から七年まで「海紅」の編集助手

をつとめていた。小穴は画家だが、碧梧桐の門人の一人で一游亭と号し、孝作こと折柴など

と新傾向の俳句を作っていた。そして「海紅」誌上の雄鶏の絵に感動した龍之介が、瀧井に

頼んで大正八年十一月、小穴を連れてきてもらったという次第になる。小穴はこのとき二十

五歳であり、小倉の袴を身につけてあらわれた。その日、黒のスェーターを着こんでいた龍

之介は、先客の藤森淳三と頭髪の長さを論じあっていた。互いに相手の髪の方が長いと言っ

ているのである。小穴は、いずれにせよつまらない謙譲であると思い、

「それは銭湯でだれでも人のきんたまが大きく見えるが、鏡に写った自分のを見ると案外そうでもないと考えるのとおんなじだ」

と言った。芥川はびっくりして、

「僕は銭湯にいかないから知らない」

とこたえた。

小穴家は信州の出で、今井兼平の子孫といわれている。父が郵船会社の社員であるため、隆一は明治二十七年長崎で生まれた。きょうだいが十何人あったが、これは幼い日に生母をなくし継母を迎えたためであった。開成中学に籍をおいたが画家を志望して中退し、同じ信州人である太平洋画会の中村不折に師事した。不折は、大正六年碧梧桐とともに六朝書道研究会龍眠会を作っていたので、隆一も書をかき句作をはじめ、会誌「龍眠」の編集をも手伝っていた、同年の瀧井孝作とも親しくなった。一方、小穴家では、長男の画家志望を一家を挙げて反対していた。

芥川は小品「東京田端」の末尾で「わたしは紫檀の机の前に、一本八銭の葉巻を啣へながら一游亭の鶏の画を眺めてゐる」とあるごとく、のちには小穴なしではいられない芥川となった。隆一が、本郷区東片町の小穴家を出る原因となったのは、初訪問のあと「イツイツハルスダカラクルナ」という芥川の電報が、夜中についたからである。再訪問の意思のなかった小穴はびっくりしたが、怒ったのは継母だった。礼儀もしらない文士などとつきあうなと

右より小穴夫妻、芥川比呂志、葛巻義敏

叱られて、隆一はプイと小穴家を出てしまった。そして田端の芥川家の近くへ下宿したのである。交際早々のこの事件は、芥川のようなデリケートな神経の主を参らせずにおかなかった。自分も養父母や伯母にいつも何となく頭をおさえられて、うっとうしい暮らしを続けているから、たちまち隆一へ同情し、それが愛情となって深まっていった。一方は文壇の雄、一方は画家として全く未知数なのだが、龍之介はあくまでも対等に、細かい心くばりをしてつきあっている。

小穴が俳友の小沢碧童（小沢忠兵衛、魚河岸の魚問屋主人）と遠藤古原草（遠藤清平、蒔清）を紹介し、これに折柴が加わり、俳句の上では彼らの方が芥川の教師であった。なお碧童は、明治二十五年生まれの芥川より十一歳年長だが、古原草は一歳若い。

はじめ芥川が碧梧桐風の新傾向の句に影響されたが、のちには碧童たちが、逆に芥川の振る旗に従って新傾向の句風を捨てるという成行きになった。誰をも自分の影響下におかずにいない芥川のシャーマン的な性格が、ここにも出ている。大正十年一月、芥川、碧童、古原草、隆一の四人は千葉県手賀沼付近に遊んだ。芥川は了中、隆一は円中、碧童・古原草はそれぞれ最中・清中と名乗って戯画「布佐絵巻」を作っている。

この四人の会合を「行燈の会」と碧童が名づけた。

行燈ノ灯影ヨロコヒコヨヒシモ

三人カアソブ灯影カソケキ

という碧童の歌がある。彼らは俳句・画のみならず、歌も作ったものらしい。

大正十年三月出版された、芥川の第五短編集『夜来の花』の装幀を、はじめて小穴が受け持った。このときは、書や篆刻もよくする碧童と共同で行なったが、以後芥川の主な本の装幀は、ほとんど小穴の手になった。

『沙羅の花』　改造社　大正十一年
『春服』　春陽堂　大正十二年
『黄雀風』　新潮社　大正十三年
『支那遊記』　改造社　大正十四年
『湖南の扇』　文藝春秋社　昭和二年

等が主なものとして数えられる。無名の画家に望外の抜てきという感がなくもない。ところが龍之介は、昭和二年五月執筆の「僕の友だち二三人」のなかで、「小穴君の仕事は凡庸ではない。若し僕の名も残るとすれば、僕の作品の作者としてよりも小穴君の装幀した本の作者として残るであろう」と述べている。異常な傾斜と言うべきかもしれないが、小穴を鼓舞するための龍之介流の表現とも思えなくはない。またすでに時間の問題となっていた自分の死と、そのあと残る小穴を考えれば、彼のために有力なお墨付きを残しておきたかったとも、考えられるだろう。

白　衣

室生犀星の作品に「青い猿」がある。昭和六年六月十一日から八月二十二日まで都新聞に連載されたものであるが、主人公秋川は芥川その人であり、松平は室生というぐあいに、登場人物も実在の人をモデルとしている。小穴隆一は小野信一という名で登場しているので、室生が小穴をどう思っているかここで抽出してみよう。

「小野信一なら松平も知つてゐる画家だつた。秋川の書物の装幀をし、秋川の肖像も書いたことがある。弱いが妙に潤ひを感じさせる画家で秋川は人間としても愛してゐる男である。しかし松平は何故か小野と親しくなれなかつた。小野には女のもつ感情があり、秋川とは最近につきあつてゐるらしかつたが、今まで秋川の家にあつまる誰彼の差別なく小野はその欠点を皮肉つてしやべつた。秋川の前でさういふ皮肉をしやべることは秋川を面白がらせた。そんな細かい女のやうな気質の或る部分が松平には嫌ひだつた」

とある。

室生を芥川の側近と表現するのは穏当でないが、やはり芥川に惚れていた一人ということは言えるだろう。そうした人間にとって、小穴はどう目に映ずるかという最大公約数のような見解が、右の文章であろう。

芥川は田端の王様であった。眩い存在であった。誰もが彼を愛さずにいられないほど彼は才学に秀で、誰にも優しく、下町人特有の世話好きの面もあり、懐かしい人だった。その代り、彼の前に出ると、何時の間にか自分は吸いとられ、新しい人間に生き返らされている。しかしそうした結末を当人は喜び、新しい衣服を喜ぶ心理で、いっそう芥川を愛したというのが、芥川家に集った大方の文学志望者や芸術愛好者たちではあるまいか。となれば、そうした人たちは互いに、自分と芥川との距離をいつも他人と比較し、親疎をひそかに競っていたにちがいない。小穴隆一の存在は、ある者には当然苦々しく、また、ある者には、小穴をも芥川接近への手段ともしかねなかったであろう。

「とても純粋でいい人だった。例えば昭和十八年に『浮寝鳥』という私の本を出すとき彼に装幀を頼んだら、そのためにパスを買って、わざわざ井の頭公園へ毎日通い、おしどりを写生したという人です」

と、かつて小穴を我鬼窟へ同道した瀧井孝作は、筆者に語っている。瀧井はライフワークの『俳人仲間』で、昭和四十九年度新潮社の日本文学大賞をものされたが、また創設以来の芥川賞選考委員であることも、忘れてはならないだろう。

また小穴未亡人である美《はる》さんは、

「ええほんとうに純粋で、それだけによく喧嘩をした人でした。いつも傲然としていて、春陽会のパトロンだった鹿島組の方（鹿島龍蔵のこと）が、『小穴さんは画家でなくて重役タイプだ』と言ったくらいです。酒は一滴もやれないのに、まるで大酒家のように見られました。春陽会の会員でしたが、おなかまが二人で『一度小穴をなぐってやろう』と相談して、いっしょに美術館から上野駅までの道を歩いたんだそうです。いろいろ話しているうちに『小穴ってこんな人間とは思わなかった』と認識を改めてくれて、矛をおさめたということを聞きました。小穴ってよくそういうことのあった人です」と語った。

美未亡人は昭和三年ごろから小穴と交際があり、五年、上野黒門町の「うさぎや」という菓子屋で、文人好きの谷口喜作を保証人として結婚をした。誤解といえば、芥川と親しすぎた小穴は、毎月父親から五十円の仕送りを受けていたが、それさえ芥川から貰っているようにうわさが流れたという。終戦まで、そうして親の遺産で生活をしていたというから、小穴の精神の純粋さは、そのためでもあっただろう。

大正十一年二科展に「白衣」と題する龍之介の肖像画が出された。この絵は田端澄江堂で描かれ、画題は龍之介がつけたものである。

「びゃくえと読まずはくいと読んでくれたまえ、処士という意味があるのだから」

と芥川は言った。これは、小穴への並々ならぬいたわりと考えてもよいだろう。

なお、その後の小穴の画業について記せば、大正十二年春陽会の第一回展に初入選し、大正十五年には無鑑査、昭和九年には会員に推挙された。また芥川の本の装幀の手腕が世評に迎えられて、坪田譲治『子供の四季』の朝日新聞連載の挿画や、宮沢賢治の『風の又三郎』など、多くの装幀を手がけた。下島の場合と同じく芥川は、小穴からも、その才能をひき出したのである。

話はもどるが、大正十一年十一月に龍之介は次男をもうけた。名は多加志と命名した。これは、小穴隆一の隆を訓にして使ったので、長男比呂志は、菊池寛の寛を同じようにくだいたものだし、三男也寸志は一高時代の親友で、京都大学教授（のちに大阪市大学長）であった恒藤恭をとったものであった。しかし多加志は昭和二十年三月十三日、太平洋戦争のビルマでイラワジ会戦の末期、惨澹たる敗走のなかヤメセンで戦死した。出征の日多加志が泣いているのを、東台町会の人たちが目撃している。父が案じたように、神経の細い青年だったのだろう。

小穴が右足の第四趾を脱疽のために切断したのは、大正十一年十二月十八日である。その上、翌年早々の一月四日には右足の足頸から切断した。芥川は順天堂で行なわれた手術に立ち会い、何度も病床を見舞ったり、書籍を届けたり、使いを出して慰問品を贈ったりした。

隆一の病室で、彼を慰めようと、芥川は一中節を唄ってきかせたりした。小穴は松葉杖にたよる身となった。

偶興
あしのゆびきりてとられしそのときは
すでにひとのかたちをうしなへる
あしのくびきりてとられしそのときは
すでにつるのすがたとなりにけむ
あしのくびきりてとられしそのときゆ
わがみのすがたつるとなり
かげをばひきてとびてゆく

と小穴は、今様風の詩を作っている。龍之介も、
あけくれもわかぬ窓べにみなわなす
月をみるとふ隆一あはれ

と同情の歌を作った。小穴が不具になりながらも、少しも気持ちがまいらずに画業に打ちこめるのは、龍之介が傍にいてくれたからであった。

芥川に自殺の決意をはじめて打ちあけられたのは、大正十五年四月十五日であった。

「いままで度々死に遅れていたが、十二月の九日の夏目先生の命日までには死んでしまうよ」

とも龍之介はいった。

四月下旬、妻文子と三男也寸志を連れて、龍之介は鵠沼の東屋旅館に滞在する。このころ

から不眠症はいっそうひどくなり、睡眠薬の量がふえた。

そのころの芥川は弱ってはいたが、また小穴の目からは、死ねるもののコレクション・マニアのようにも見えた。手に入れた自殺用のスパニッシュフライや注射器を、文子の手で捨てられると、

「また何か手に入れるさ」

と、にこにこしている風であった。

七月の末から、龍之介の願いで、小穴も鵠沼で暮らすようになる。芥川が借りた借家の、一軒おいた隣に住まった。

この頃の小穴のような不思議な役割を与えられた者は少ないであろう。芥川の死にたい病に振りまわされ、ときには何とか生きる力を与えようと努力もするが、結局は彼の言うままに、スパニッシュフライを与えたり、遺書をあずかったり、彼の自殺芝居の相手役にされてしまう。

大正五年の暮に芥川が小さな家出から帰り、田端へ戻ると、

「またぼくの近くへ来てくれよ」

ということになり、芥川家の近くの下宿に入った。

下島日記に、
二十八日　晴（昭和二年二月二十八日、筆者注）

夜小穴隆一君来訪。下宿見つかりその知らせかた〴

とあり、

三月三日　曇

夕方小穴君の下宿新昌閣を訪問す

とある。

芥川は死ぬ一月前にこの下宿を訪ねた際、畳の上にねそべって話をしているうちに、小穴にいざりより、

「君の足を撫でさせろよ」

と、小穴の義足をはずした踝《くるぶし》から下のない右足を捉えて、撫でさすり、左膝を枕にして、

「ここにこうしていると気が休まるよ。僕には君が僕の母親の生まれかわりのように思えるよ」

としょんぼりして言った。

慢性自殺志望者の芥川のお守りのために、さすがの小穴の神経もすり切れそうになっていたが、それでも彼は芥川のそばを離れるわけにいかなかった。そして彼が死ぬと、それが定められた役割のように、芥川のデスマスクを黙々とスケッチした。

小穴は芥川の死後、昭和七年に「二つの絵」を「中央公論」に発表して、芥川の出生の問題と、死に至るまでの彼の苦悶の姿を発表して波紋を投げかけた。龍之介は子への遺書に「小穴を父と思へ」と書いたが、そのため芥川家とは次第に疎遠になってしまった。存命であった芥川の伯母ふきは、「家門の恥」と小穴発言を考えていたようである。

小穴は昭和三十四年から中気のため病床につき、ものが言えなくなってからなお三年をすごして、四十一年四月二十四日急性肺炎を起こして死んだ。生前の小穴は芥川評をきくたびに、

「本人に会ったこともないくせに出たらめだ、まちがいだ」

といきりたつことが多かった。

龍之介のすべてを知り尽していると信じている小穴にとっては、世の芥川観などは、すべて蹴散らしたい心境だったにちがいない。

第九章　関東大震災

午前十一時五十八分

大正十二年九月一日午前十一時五十八分、龍之介が茶の間でパンと牛乳の昼飯をとっていると、最初の鳴動がやってきた。これが震幅十二センチ、安政以来の大地震であった。あわてて義母のともと庭先に逃れた。文夫人は二階に次男多加志を救いにいき、伯母ふきは梯子段の下でこの二人の名を叫びつづけた。文と多加志とふきが、抱きあうように一かたまりになって庭へころげ出たあとで、一同は父道章と長男比呂志のいないのに気づいた。しづやという女中が屋内にとびこみ、三歳の比呂志を抱いて出てくるころに、道章もやっと姿を現わした。芥川家では瓦のおちたことと、石燈籠の倒れたこと以外被害はなかった。

香取正彦は、この日鹿島龍蔵と、正彦の叔父の松井と、上野で二科と院展を観、帰りに精養軒で昼飯を食べようと予定して出かけ、ちょうど二科の彫刻を見ているとき、グラグラがきた。戸外へ出て竹の台から眺めると、浅草名物十二階がポッキリ折れているのが望見され、一行は顔見合わせてゾッとしたのだ。

「とにかく家へ帰ろう」

と龍蔵が言い出し、山下へ出て、パンを五円買ったら三人で持ち切れない程あったという。

上野の停車場へいったら、すでに汽車は動いていず、谷中をぬけて徒歩で帰った。このとき無事だった松坂屋が、晩には灰になってしまうとは、正彦たちには思いもつかなかった。

楽天堂医院では主人の勲が縁の籐椅子に身を横たえ、昼飯の仕度の出来る間を読みかけの鷗外全集ゲーテのギョッツの第一章を読んでいるとき、

——ズンズンズングラグラカタカタカタがやってきて、本を手にしたまま庭へ飛び出した。震動がはげしいので勲は庭木につかまっていた。そこへ娘の行枝と女中が悲鳴を上げながら抱きついてくる。ハッとよろけるその足先へ石燈籠があわや倒れかかり、とびのく。ところがはま夫人は、台所で昼飯の仕度をしていたがやにわに薬局へ飛びこみ、倒れようとする薬品戸棚を支えようとした。

この話はのちにはかなり有名になった。というのは龍之介が、

「胆勇、僕などの及ぶところにあらず。夫人は渋江抽斎の夫人いほ女の生れ変りか何かなるべし」

と書いたからたまらない。

西台通りの室生家では犀星が、名状できかねる悲惨なおもいに打ちのめされていた。彼はその五日前に長女朝子の誕生を見て、長男の死以来の喜びにもえていたところだった。そして産婦とみどりごは、お茶の水の浜田病院に、まだ入院中だったからである。

神明町まで鳴動のなかを走り出、自動車を停めて団子坂までいったものの、非常線のために、それ以上進めずに帰った。

ポプラ倶楽部は、付近の避難民でいっぱいになった。夜もポプラ倶楽部の庭で室生一家は野宿する。

このころ平木二六が、ポプラ倶楽部の留守番役だった。他におばあさんが一人雇われていた。びっくりしたのは、渡辺町にいた藤井浩祐が一家を挙げてモデルまで連れ十何人、ポプラ倶楽部の二階に避難してきたことだった。また日本画家の木村武山夫妻も、別の一間に避難してきた。

筆者の生家は、日本橋区矢の倉町一番地で袋物問屋を営み水島商店といった。家族は祖父母をはじめ私まで十人、ほかに番頭、ばあや、小僧、女中などおよそ三十人近くはいたであろう。このとき自転車で田端の別荘のようすを見にいってきた小僧が、無事であることを、午後四時頃帰店して報告したので、上野公園の西郷さんの銅像の下で落ちあう約束で、それぞれ避難をはじめた。すでにあちこちに火の手が上っていた。ちょうど誕生を迎えた私を負って、母はまっさきに逃げ出したらしい。彼女が出がけに店を振りかえったとき、姑はいかにも残り惜しそうに、店がまちに坐りこんで動かず、舅も貴重品の整理に夢中であり、夫もまだ店の者に指図を何かしていた。

母の実家の青柳家は神田福田町の機械商で、これが先に火の手に追われ、荷物を持って一家が矢の倉町へやってきていたのだ。水島商店には、三階建の設備のよい火災などでもビクともしない蔵があったので、それが魅力だったのである。

母と私は青柳一家と逃げ出したが、どうしたことか約束の上野へはいかず、日比谷公園で二夜をすごし、田端へたどりついたのは九月三日だった。他の家族はとうに到着していたのだから、母子が焼死したと考えられたのも当然だったろう。

こうして私らが避難したのが室生家の一軒おいた隣りで、九間よりなかった家におよそ五家族が住んだのだから、大変なさわぎだった。もちろん矢の倉町の店は蔵もろとも焼け落ち、復興成る翌年三月まで、赤ん坊の私は田端住まいとなった。これが私にとって全く覚えはないにせよ、第一回目の記念すべき田端との関わりである。

さて、室生犀星であるが、

「九月二日　隣家の秋山、詩人の百田宗治、甥の小畠吉種、車やさんの同勢五人で母子をさがしに行くことになった。多分上野公園だろうと目算を立ててきてみると、満山避難民で煮えくり返るような騒ぎ。

動物園裏から公園に入ると小便の臭いと人いきれと、人の名前を呼ぶ声と、そしてそれらの人間のながれが、縦横無尽に入り乱れ、幟に書いた人の名前、旗に記された家族の尋ね人に、鳥籠を下げた女の子まで交って息苦しく、泥鰌《どじょう》の生簀のようだった。」

と犀星はこのときのようすを「杏っ子」で描写している。そして結局夫人と朝子が、美術協会の建物のなかに避難したのが発見された。

その晩、室生宅には宇野浩二が一行二十人をひき連れて現われ、芥川宅にも身重の小島政二郎夫人がその姉と宿を借りにきた。まだ余震は激しく、浩二の桜木町、政二郎の根岸は焼け残ったのだが不安だったからである。

自警団

北区史によれば「大震災滝野川町の被害」の項に、

「滝野川町は大体において高台に属する地域が多かったので、地盤が強固であったようで、民家に倒壊は多少あったが、おもな建造物にはこれという被害はなかった」

とあり、「各町の救護」として、

「区内の田端駅には救護品配給所がおかれて、山の手一帯の配給はここで主として行なわれたため『文字どおり車馬織るがごとく』、震災救護の中心をなした」

としている。


北区立滝野川第一小学校創立六十周年記念誌によれば、

「やがて上野駅付近から下町全体は猛火に包まれ、火と津波におびえる数十万の避難者が日暮里・田端の高台を目ざして押し寄せて来た。滝一小学校は当時田端でもっとも大きな建物であったので、被害者の救護所、地方救護隊の出張所、夜食の配給所、孤児、老人、病人の収容所、赤十字の診療所等々重要な施設として利用され上を下への大さわぎだった。学校でも江口校長をはじめ全職員が救援にあたった。


夜になっても電燈はつかず、もちろんラジオもなかったので不安はつのるばかり、そこへだれいうとなく西ケ原の火薬庫に火をつける者がいたとか、井戸の中に毒を投げ入れる者が現われたとかたいへんなデマが飛んで、みんな恐ろしさにふるえた。町では自警団を作ったり、在郷軍人会や青年会や町内有志等で自発的に見回ったりして自衛につとめたが、女や子どもはまったく生きた心地がなかった」

とある。

さて自警団は田端の諸所方々でそれぞれに作られた。東台倶楽部では、芥川の発案で、通路に丸太に梯子を固定させて通せんぼを作った。誰何《すいか》して怪しい人物でないとわかると梯子の先につけてある縄をたぐり梯子を手もとにひき、通す。ところが自警団はおよそ二ヵ月余りも続けたのであるから、だんだん親睦会のようなぐあいになって、龍之介は籐椅子をもち出してそこで寝そべり、香取正彦や堆朱克彦（現二十一代目堆朱楊成）などが、龍之介の話術にひきこまれて、夜警に出るのが楽しみになったくらいである。

「こんな雨の降った晩は、夜討があるから気をつけろ」

と龍之介がおどしたり、得意のお化けの話をして面白がらせた。

小杉未醒も当時を回想して、

「門の前に祭りの提灯をさげ椅子を持ち寄り近隣八九軒だけの夜警所となる。子供等は竹刀などを担ぎ出す。是は宵の中だけの遊び半分、あとはおやぢ共の世間話となつて、玄米の搗き方の研究など至極無事な自身番であつた」

と言っている。未醒のほかには吉田白嶺、などがいたであろう。

これは朝鮮人が何かを企んでいるという根も葉もないデマで発生した、自衛の警戒作業で、東台倶楽部や藍染川畔の自警団のようなぐあいならいいが、世間にはまるで役人になったようにいばりちらし、肩肱はって、伝来の刀を持ち出す者、竹竿のさきへ出刃をくくりつけてかついでくる者などあり、東京のあちこちでややこしい事件が発生した。

西台通りでは、ポプラ倶楽部のそばに自警団の詰所ができた。

板谷波山、池田勇八、牧俊高、広瀬雄、室生犀星、柚木久太、そして水島家も当然同じ自警団に所属したことだったろう。わりあいにそういうことの好きだった筆者の亡父も、多分番頭や小僧任せにせずに自身でポプラの詰所に出ていったに相違ないと考え、おのずから微笑が口もとにうかんでくるのである。ただ袋物問屋の若旦那にすぎない上に、全く美術文学に関心のなかった父は、波山や勇八の仕事について知らず、下町風の冗談で相手を煙に巻いた方だったかもわからないと、想像をたくましくするだけである。

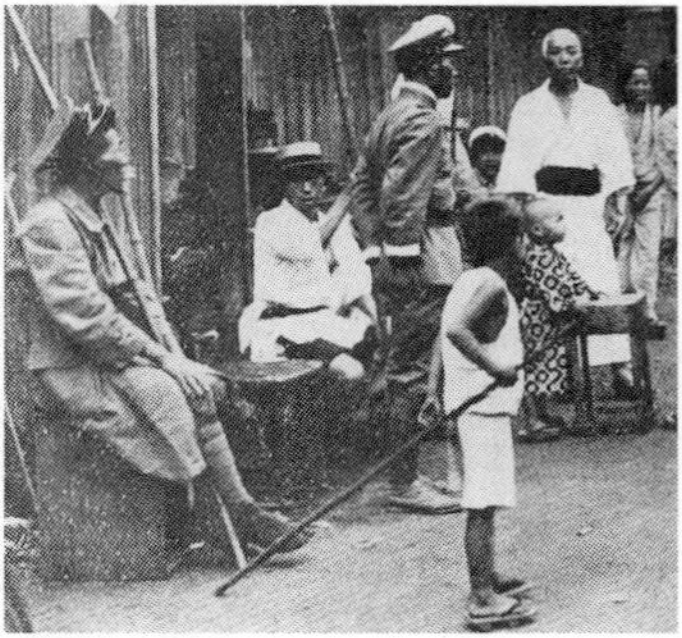

当時の自警団

震災が田端の人口を急速にふくれあがらせてしまった。一時の避難者が立ちのいたあとも、そのまま腰をすえる人々は多く、一キロ平方当り大正九年は一五七人だったのに、大正十四年では五二三人にふえた。そのため小さな家作がふえ、田端はベッドタウン化した。

以後、美術家や文士で出ていくものはあってても入ってくる者はなく、田端村は次第に風致をうしなっていく。

室生犀星は十月一日、一家をあげ、平木二六を供に金沢へひき上げていった。はじめ池田町にある夫人の実家に入り、数日後、上本多町へ移転した。ただし、室生は何時かまた戻ってくるつもりだったらしく、家主谷脇岩千代との賃貸契約をとり消さず、名義はそのままにして、金沢行きを遂げたものらしい。

しの竹の家

室生犀星が出たあとの五二三番地の家には、芥川龍之介の世話で、菊池寛が入ることになった。菊池は本郷駒込神明町三一七に住んでいたが、震災のために家主が帰ってくることになり、急に立ち退きを迫られたためであった。

菊池は芥川より四歳の年長だが、明治四十三年に一高に入学し、同級生となった。他に久米正雄、成瀬正一、松岡譲、山本有三、土屋文明、恒藤恭、佐野文夫らがいた。菊池は卒業の三ヵ月前に佐野文夫の窃盗の罪をきて退学した。

のちに京大に入り、芥川の第三次「新思潮」に加入したが認められず、芥川、久米などの文壇登竜を眺めながら時事新報社の記者となった。しかしテーマ小説といわれた一連の作品

「忠直卿行状記」「恩讐の彼方に」「入れ札」等が認められて新進作家の列に入り、つぎに転じて「真珠夫人」「第二の接吻」のような通俗小説で大向うをうならせ、人気作家の筆頭になった。「四百字詰原稿用紙一枚百円なら書く」といわれて、ポンと札束を積んだ出版社もあったほどである。

が、菊池はここで三転する。大正十二年一月になって自ら雑誌「文藝春秋」を編集して発行した。創刊号は二十八頁で定価は十銭。部数は三千部、発売元は春陽堂であった。

二月号は四千部、三月号は六千部、四月号は特別号として一万部の大台に発行部数が達したのだから、順調な伸びであった。ゆくところ可ならざるはなしという洋々とした思いで、菊池はいたはずである。五月は創作十二編の特集となり、狭き門であった作家への道を拡げることに努めた。というのも当人が「無名作家の日記」に誌すように、芥川、久米の後塵をなめたことが、よくせきこたえたからに違いない。菊池、芥川は駒を並べ、終始朋友として喜びと悲しみをともにしてきたように考えがちだが、それはまちがいである。少なくとも文藝春秋社設立の意味のなかに、菊池の苦い思いがこめられているはずである。

ところが突然の震災で、刷り上がったままの九月号が全焼してしまった。十月号はもとより休刊である。そして、家主から立ち退きを迫られて室生宅に入ったのだから、菊池の胸は暗澹たるものだったろう。このころ奔走して毎夜おそく、菊池が人力車で帰宅するのを、広瀬未亡人が覚えている。しかし十一月号は再刊の運びとなり、特別号として一二六頁、特価二十五銭で一万部発行することになった。

室生の家は地坪は六十坪ほどだろうか、家賃五十円ほどの狭い家である。八畳、六畳、納戸三畳、玄関二畳の四間である。これに彼自身が庭に建てた六畳の離れがあった。のちに金沢へ運び暮笛庵と名づけたものである。ここで十一月号の編集がはじまったのだ。同人の芥川、久米正雄、小島政二郎、岡栄一郎、佐佐木茂索などをはじめ、川端康成、酒井真人、佐々木味津三、鈴木氏亭、鈴木彦次郎、横光利一以下の編集同人たちが入れ代り、立ち代りあらわれたのだから、震災でいささか狂いのきた家は、いっそう悲鳴を挙げたに相違ない。

菊池は敷石をきれいに洗わせ、離室と書斎との間をはだしで往復していたというが、どうにも手狭でやり切れなくて、わずか二ヵ月で住宅兼文藝春秋社を、市外高田雑司ケ谷金山二三九番地に移した。そして、そのあとにひきうつってきたのが酒井真人である。真人はこの年帝大英文科を出たばかりであった。

大正十三年十月になり、室生は田端へ帰ろうと決心し、平木二六が下島勲に相談にいった。それがすぐ芥川に伝わったので、

「酒井に家を明けさせる件ならば下島さんと僕とで引受けてもよい」

旨の手紙を室生家に龍之介は送った。これに対して室生は、十一月上京して自身交渉し、家主と酒井真人の了解を得ていよいよ田端へ戻ることになった。五二三番地の家に固執するのは、愛玩した庭と暮笛庵とのためであろう。

しかし、さまざまの事情で、室生は大正十四年一月に上京してまず田端六一三に仮寓し、ついで二月には六〇八番地に移り家族を迎えた。そして四月に五二三番地の旧居があき、や

っと古巣へ戻ることができた。

二年も留守にしたのに、蕗《ふき》の薹《とう》が、満天星《どうだん》の根元に忘れずに出ているのを犀星は喜んだ。そうなると外出もせず、庭いじりに夢中だった。

春深み蘭の花茎垂りにけり
しの竹の離れへの石古びけり

などの句を作った。

帰宅早々たたみ十四畳分の入れかえをした。ところが心なき訪客が早速あぶら足のあとを残し、犀星を悲しませた。

菊池寛

そして犀星を変りなく迎えたのは草木のみならず、周囲の広瀬、柚木、秋田などの人々で、すべて同じメンバーであった。犀星は裏の彫刻家田島家の娘さんと、柚木家の後の家に下宿している同郷人である高柳真三との結婚を媒酌した。高柳はのちに法学博士になり東北大学の教授となった人である。

辰っちゃんこ

堀辰雄がはじめて室生犀星の前に坐ったのは、

大正十二年五月であった。堀は紺絣のきものに袴をつけていた。田端五二三番地の室生の隣家の広瀬雄が、犀星に紹介のため同道したので、その場に平木二六も坐っていた。

「平木君も三中だよ」

と広瀬にいわれ、互いに顔なじみであることを認めあい、二人はすぐ親しくなった。

堀は明治三十七年生まれ、府立三中では、二六よりは一級下だったのである。当時は第一高等学校生であった。ただし、このとき堀は一人ではなかった。ふっくりした顔付のお母さんがいっしょで、堀はほとんどしゃべらず、かしこまっていた。

堀の母志気は広瀬家に何度もやってきて、

「辰雄が本を書く人になるといっておりますので、よろしくお願いいたします」

と頼み、

「それでは隣家の室生さんが新進の作家だから」

ということになり、室生の了承を得、この日の会合となったものである。私はつねづね、何故広瀬雄がこのとき、自分の愛弟子で田端人でもある芥川に紹介せず室生に紹介したのか、疑問に思うのだが、あまりにも輝かしく才気にすぎる龍之介よりは、平木二六が玄関番をし、庭木などをいじって、多少ひまもありそうな犀星を選んだのではあるまいかと考えている。

このころ志気は、知りあいの製本屋にわざわざ菓子折をたずさえてゆき、

「うちの子の本が出るようになったら、どうかよい本を作ってやってください」

と挨拶して相手をあきれさせた。広瀬未亡人たねさんは、「盲目的に母性愛の強い人だっ

た」

と回想している。

堀は向島新小梅町に、父上条松吉と母と三人暮らしをしていた。しかし彫金師の上条は実父ではなく、堀の父は、広島県士族で裁判所に勤めていた堀浜之助であった。志気と浜之助は辰雄が生まれたころから同居したが、麴町のその家には、浜之助の病身の妻も住み、勝気の志気はこの生活を振り捨て、辰雄三歳の折に堀家を出た。上条へ嫁いだのは、その二年のちである。

人の作家となる要因はさまざまであるが、出生の陰湿な秘密がこの道に踏みこませたという例が実に多い。田端の作家を眺めても芥川、室生ともに然りである。ただ堀の場合は三十五歳になって、上条松吉が死に百ヵ日を過ぎてから事情を知った。田端に住んでいた母方の叔母から、一面に雪の下の生い広がっている小庭に面した縁先で打ち明けられた、ということになっている。

しかし詩人の堀は、たとえ事実としては知らなくとも、雰囲気としては、それを自分の芸術の血肉として底流に蓄えていたにちがいないと思う。この叔母さんは田端から神明町の電車通りへ出る少し手前の、三好野という餅菓子屋の裏に住んでいたから、堀にとって田端は、それだけでも縁の深い存在だった。

その八月、堀は室生の供をして軽井沢に出かけた。そして帰ってきて関東大震災にぶつかるのである。志気はこのとき隅田川で死に、同じく竜巻でふきとばされ川に落ちた辰雄は、運よく小学校時代の同級生の差し出す棒につかまって、船上に救け出されたのであった。辰雄はこれも助かった義父と四ツ木でしばらく暮したが、犀星の田端の家の離れにも何日かを過して慰められた。

軽井沢と悲惨な震災の記憶とが、堀の文学の方向を決めた。彼は自分のなかの下町をすべて捨ててしまったのである。

大正十二年十月、室生は金沢へ引きあげた。このとき室生は堀を芥川へ紹介して去った。以後堀の訪問先は、東台通りへむかうようになる。堀は芥川からは辰っちゃんこといわれてかわいがられた。ある日、広瀬宅へあらわれた辰雄のはきものをなおしながら、たね夫人は胸がつまったという。それは草履のように歯のへった下駄であった。いつも女のようにつつましい微笑を口もとにうかべ、おしゃれな辰雄、母親の秘蔵っ子だった辰雄を考えて夫人は、

「可哀そうに、堀さんは苦労しているなあ」

と思った。このあと堀は胸を病み休学する。

金沢へ室生に従って行った平木二六が帰京して、もとのポプラ倶楽部に入ったのは十二月末であった。彼はさかんに原稿用紙に向って書いていた。室生の秘命で代作をしていたのである。三百五十枚になったところでバスケットに詰め、金沢へとどけにいった。このとき堀は高柳真三とともに、二六を上野駅まで送っていったものだ。大正十三年四月である。

五月十五日には、こんどは田端の王様芥川が金沢へ室生を訪ねた。四泊して京阪へまわったが、辰雄はもうじっとしていられなかった。七月二十二日には、朝子へ人形や夏用のちゃ

んちゃんこなどを土産にして、金沢犀川べりの室生宅へむかった。

堀辰雄ほど田端の夫人連に評判のいい人はなく、下島夫人、広瀬夫人、そして室生とみ子も堀ファンだったから、滞在中も師匠の犀星とよりは、夫人と語ることが多く、あとは昼寝、散歩、読書に静かな時間をすごした。もっとも犀星の十年ぶりの泳ぎにつきあって、犀川でともに泳いだ。室生の家は川岸町にあり、名のごとく川べりにあったから、茶の間で着物を脱ぐと、そのままの裸で川にとびこむことができた。堀の泳ぎは達者で、犀星は「震災で大川を泳ぎ切って助かったのもこのせいだな」とうなずくのだ。

室生は芥川から「三日ニコナイカ」と電報でよび出され軽井沢にいき、つるや旅館の離れに芥川と間を距てて泊った。堀もまた八月四日に金沢から軽井沢へまわり、一晩泊って帰京する。彼は芥川と室生、この二人の師の間にはさまれて、軽井沢ホテルで食事をしたことが嬉しく、終始上がり気味だった。

堀辰雄

その興奮のさめやらないままに、辰雄は秋に一高の中寮から田端の下宿へうつった。そこは紅葉館という玄人下宿で、上八幡《かみはちまん》の下であり、母方の叔母の家にも近かった。室生が秋には田端へ帰ると言っていたのを心当てにしていたし、また自分のなかの文学を、田端という土壌にそっと根おろししたいと考えたのだろう。

しかし犀星は、秋には金沢で大演習があり、私事では貨車が使えないために帰れず、また酒井真人の穏和な人がらに、あまりきびしい催促がいやになって、結局一月になって六一三番地へ一人で移ってきた。

六一三番地は上八幡のすぐ上で、堀の紅葉館とは歩いて二、三分の距離である。また犀星の二月に移った六〇八番地も目と鼻の近さである。室生の家へ秘書役の平木二六がいく。また金沢で知りあった四高生の中野重治が、十三年四月には帝国大学文学部独逸文学科に入学して上京、神明町三六三番地青池という炭屋の二階に下宿していたから、やはり訪問する。堀とも友人となって、文学の話をいろいろするようになった。もっとも中野は、帝大生でもろくに登校したことがなく、同じく帝大の文学部国文科に籍をおいた堀とは、性格も生活も違っていた。

大正十四年の六月九日に、堀は軽井沢に早やばやと出かけている。ホテルやつるやではなく、西洋洗濯店に下宿したのである。この年軽井沢へあらわれた人たちは、芥川、室生のほかに萩原、小穴、佐佐木茂索・ふさ夫妻など、田端文壇がそのまま引越したような感があった。震災後堀の養父は経済的に苦しく、堀のために軽井沢の滞在費を出すのは容易ではなかった。しかし人のよい彼は工面して辰雄に送っていた。

「この八十円のお蔭で、僕もだいぶ一流の人々に可愛がられたんだから、いくらか堀辰雄も有名になったんだよ」

と義父への手紙に辰雄は誌した。しかしこの夏もっと重要なことは、片山広子母娘と芥川との交際に立ち会ったことであった。広子は四十六歳、もと日銀理事をつとめた人の未亡人で、娘の総子は十七歳であり、美しい母娘であった。しかも広子は松村みね子のペンネームでアイルランド文学の見ごとな訳著を出し、また竹柏園派の歌人として「心の花」の代表的歌人でもあった。芥川や室生たちの間では、くちなし夫人という愛称で呼ばれていた。

この夏、室生は八月十三日より二十五日までより滞在しなかったが、芥川は八月二十一日から三週間をつるや旅館に暮し、堀は腰ぎんちゃくのように芥川と行動をともにした。前年の夏に話をもどすと、堀が軽井沢から帰京した八月五日に片山母娘がつるや旅館に入り、二週間ほどの同宿の間に、芥川と広子との間にある感情が生まれていた。広子は芥川より十四歳も年上である。

堀は師芥川の想いを覚り、同時に自分も広子へ敬愛を、そして総子へは、ほのかな恋を感じた。芥川と広子、堀と総子、そして広子と堀、芥川と堀、これらの錯綜した心理の細密な絵図を描いた「聖家族」という作品で、堀はのちに文壇に登場する。片山母娘の登場で、堀は一層芥川へ深いきずなを感じたであろうことは否めない。

九月、誰よりもおくれて東京へ帰ると、堀は義父のいる向島新小梅町へもどった。紅葉館での暮らしは半年ぐらいだったらしい。そしてあいかわらず田端へ通い、室生の家へくるときは、言問団子を手土産にたずさえてくれる。

「おだんご」「水戸さま」など堀の言葉に「お」や「さま」の多いのを犀星は面白がった。そしてほんの少しだが、堀には吃るくせもあった。

「堀は芥川のお稚児さんだ」

といううわさも流れた。

堀はもう一度田端へ下宿した。芥川が死んでのち、昭和二、三年ごろのことで、卒業論文の「芥川龍之介」執筆のために、東覚寺赤紙仁王様のある通りの下宿にいたことがあったと、平木二六が記憶している。

第十章　藍染川畔

大正十四年

詩人萩原朔太郎は、田端の住人室生犀星の親友中の親友であり、ともに手をつないで世に出た人であることは「詩のみやこ」の章で書いたが、室生は小説に転じ、いつか詩作をあまりしなくなっていた。その小説も大正九年、十年の濫作がたたって、次第に筆が進まず、史実小説を手がけたものの失敗し、大正十四年田端に帰ってきたころは、気息奄々という態であった。目ぼしい作品はなく、大衆雑誌に書きとばし、原稿料かせぎをしている風情であった。朔太郎はそうした犀星に、内心の失望は感じていたにちがいない。

が、ともかく大正十四年四月に、朔太郎は田端三一一番地の借家に妻稲子、長女で五歳の葉子と、次女で三歳の明子と移ってきたのだ。このころの朔太郎は貧窮のどん底にいるときであった。大正六年『月に吠える』を三十一歳で処女出版して声名を馳せた朔太郎は、その後七年、八年、九年と詩作が少なく、無為とアンニュイの生活を前橋の生家で行なっていた。妻も持ち、子も生まれようとしている男が、六十歳をすぎた父のすねをかじってゴロゴロしているのだから、何かと家庭で風波は絶えなかった。

父の密蔵は帝大医学部を出た腕のある医師で、家は裕福であったが、大正八年には老体のため医院を廃業している。この父の目からは、詩人などという存在はならず者とより理解できず、「働け、働け」と朔太郎を責めた。

ともあれ大正十二年には、第二詩集『青猫』が新潮社より出版された。堀辰雄はこの『青猫』に感動し、詩を志す原因となっている。また第三詩集『蝶を夢む』も、同年七月に同じく新潮社より出版されている。

しかし彼の書く詩やアフォリズムでは、とても妻子は養っていかれなかった。生家にもとどまれず、食う道もない朔太郎だったが、とうとう思いきって東京へ出、大井町へ住んだ。が、一ヵ月で田端へ移ったのは、犀星が「コイ、コイ」と呼びつづけたからである。

萩原の家は小杉放庵の家に近く、藍染川に出る手前で、動坂停留所にも近かった。下二間二階一間、家賃は二十円ぐらいの粗末な家だった。

この家へ或る日突然長髪でやせた男が訪ねてきて、

「芥川です。始めまして」

と丁寧なお辞儀をした。芥川のお辞儀は有名だった。上半身折るようにして、手をきちんと揃えて深々と礼をするのである。このときも、朔太郎が頭をあげても依然として客の頭は畳についている。朔太郎はあわてて、お辞儀のつぎ足しをしなければならなかった。

芥川をはじめとして、ここへはいろいろな人が訪問してきた。平木二六、堀辰雄、中野重治などの若い詩人もやってきた。もちろん犀星は毎日のようにあらわれて、原稿用紙と鼻紙がいっぱい散らかっている上に、煙草の吸いがらまで座敷中に捨ててある書斎に通って、

「障子を何故張りかえんか」

「玄関に下駄が散らかっている」

　とがなり立てた。

「どうだい。田端の住み心地は」

　と犀星は朔太郎に聞く。はじめて同じ土地に住むのが嬉しくてたまらないのである。ところが朔太郎は、

「妙に空気がしずんでいて、禅寺の古沼みたいな感じがするな」

　とこたえた。

「君はどこにいたって面白くない男なのだ」

　と犀星はプンプンする。

　禅寺の古沼が犀星の趣味だし、朔太郎はもっと近代的な赤い屋根なんかがあり、煙突が林立するような情趣を好んでいたからである。しかし朔太郎も、動坂や神明町の怪しげなカフェーなどは好きだった。夕方フラリと犀星が朔太郎の家をたずね、二人は目と目でうなずきあい、夜の町へ紅燈を目ざしていく。

　芥川龍之介が加わり、神明町の花柳界で遊ぼうということになり、犀星、朔太郎と肩をならべ藍染川をさかのぼり、八百熊の前を通り、柳暗花明の里にふみこんだ夜もある。三人の歩く足もとにチラチラ蛍が飛んでいく。朔太郎三十九、犀星三十六、龍之介三十三である。

　ある朝、朔太郎が珍しく早起きして床を片づけている所へ、龍之介がとびこんできた。そ

れもいきなり二階の梯子を駆け登り、疾風のように朔太郎の書斎にズカズカ入ってきたのだ。いつもなら稲子に丁寧に挨拶をする彼が、取次ぎも待たず、紳士的な態度をかなぐり捨てている。朔太郎はあきれていた。

「床の中で、今、床の中で君の詩を読んできたのだ」

といきなり浴びせかけ、

「いや失敬、僕は寝巻をきているんだ」

と照れた。まさにただごとではない。

その朝龍之介はめざめ、いつものように枕もとに積んである郵便物に目を通した。そのなかにあった「日本詩人」を頭から例の異常なほどの速度で読みとばしていくうちに、朔太郎の「郷土望景詩」にぶつかったのである。

それは、

人気なき公園の椅子にもたれて
われの思ふことはけふもまた烈しきなり
いかなれば故郷のひとのわれに辛く
かなしきすもの核《たね》を嚙まむとするぞ

といった調子で故郷を、故郷の人たちを恨む詩である。龍之介は読み終るとその悲痛の思いに感動し、興奮を押えられなくなり、ふとんを蹴ってとびおきると、そのまま一散に朔太郎の家へ走りこんできたのであった。

「僕は必ずこの感動を書くよ」

と龍之介は繰り返して言い、改めて顔も洗わずにきたことをわびた。

この「郷土望景詩」をふくんだ第四詩集『純情小曲集』が、この年八月新潮社より刊行された。

朔太郎の身辺が賑やかになると同時に、エッセイなどの注文も雑誌社から入り、生活も上向いてきた。生家からは六十円の送金もある。このまま田端住まいをしていれば朔太郎の運命も、室生犀星の以後たどる道も大きく違っていただろうのに、夫人の稲子がなれぬ東京住まいに健康を害し、十一月には鎌倉材木座に一家で移っていった。

朔太郎と入れ違いのように土屋文明が、十月二十八日田端へ移ってきた。文明は龍之介と一高時代の同級生であった。この年の二月に、第一歌集『ふゆくさ』を上梓したばかりであった。朔太郎と同じ上州の生まれで、龍之介は文明を下島勲に「長脇差しです」と紹介した。

文明は少年のころ、祖父がやくざで徒刑囚として北海道で牢死した秘密を知り、自然主義文学に親しむようになった人である。多分龍之介はそんなことまでは知らずに、彼一流の軽妙さで「長脇差しです」と口をすべらしたのだろう。

高崎中学校を卒業した明治四十二年に、伊藤左千夫を頼って上京した。文明は働くつもりだったが左千夫の援助で一高に入学、「アララギ」にも加わり、歌作に励んだ。東京帝国大学哲学科のころには、第三次「新思潮」に加わり芥川とともに同人であった。その後長野県で教師となり、松本高女の校長などになったが、大正十三年上京して法大の教壇に立っていた。

龍之介が土屋の請で借家をさがすことになり、あちこちに声をかけておいたら、下島勲がみつけてくれたのである。

なお、土屋は大正十五年夏には、下落合の家へ越した。

そしてこの年の暮近く、田端高台通り（交番や白亜堂や浅野屋蕎麦店などのある、中里へいく通り）の果物屋の二階では、若き詩人の卵たちが集まって、詩誌同人誌の発刊の打ち合わせを真剣に行なっていた。

メルヘン

「何年ごろだろうか、隣家に小林秀雄の家があった」と、未醒の長子である小杉一雄さんが筆者に語った。

「秀雄さんが新婚早々のころで、夫妻の睦じいようすをうちの女中たちが羨しがっていた」

というので早速小林秀雄の年譜を繰ってみた。たまたま手許にあったのは、白鳳社版の『文学芸術論集』巻末のもので、田端住まいの項が記入されてないのが、そもそもまちがいのもとであった。小林の新婚時代といえば、中原中也の恋人であった長谷川泰子《やすこ》を奪って同棲をはじめた大正十四年十一月と、夫人と結婚をした昭和九年と二度を想定できる。小杉証言によると、「昭和のはじめ」ということなので、長谷川泰子とのことを一雄さんに持ち出すと、

「あるいは大正十四年であるかもしれない」

ということに相成った。

秀雄、泰子がはじめて同棲した場所が、田端だったらすごいという希望が次第にふくらんできた。中原は故郷を出て京都で立命館中学に通う十七歳の少年時代に、三歳年上の長谷川泰子と同棲していたのだ。泰子はマキノ・プロダクションの大部屋女優で、ときは大正十三年、のちに新聞社の「グレタ・ガルボに似た女」募集に応じて当選するだけあって個性的な女性だった。十七歳といっても詩人の中原は早熟だった。年上の泰子を優しいおじさんのようにつつんでいた。二人は翌年の春上京する。そして東大仏文科生の小林秀雄と知りあう。

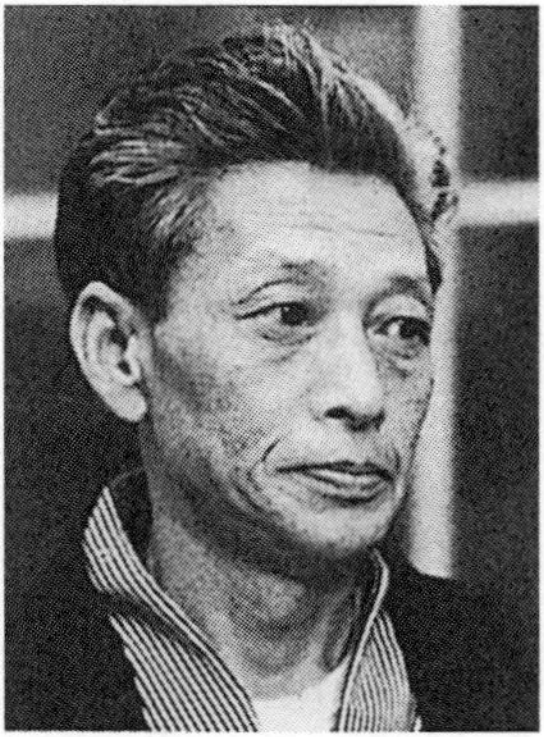
小林秀雄

知識欲の旺盛だったそのころの中也は、かつて富永太郎に対したように、小林からすべてを吸収しようとしはじめる。それが癖だが、下宿まで小林の家の近くにうつし、夢中で相手に耽溺するの

だった。

夏のはじめ、中原が郷里に帰っている留守に、泰子は小林から愛を打ち明けられる。誘われた大島旅行に、落ちあい場所の品川駅へ泰子がかけつけたとき、約束の時間はとうにすぎていて、小林の姿はなかった。

しかし泰子の心は、もう小林へ傾いていた。小林が大島の旅から帰り盲腸炎で入院しているのを知ると、泰子は見舞いにいかずにはいられなかった。その退院と同時に泰子は中原の腕をすりぬけ、小林と同棲することになった。

中也は、小林と泰子の新しい家に女の残していったワレ物を届けにいく。

「もう十一月も終り頃だつたが、私が女の新しき家の玄関に例のワレ物の包みを置いた時、男は茶色のドテラを着て、極端に俯《うつむ》いて次の間で新聞を読んでゐた。私が直ぐ引き返さうとすると、女が少し遊んで行けといふし、それに続いて新しき男が、一寸上れよと云ふから、私は上つたのであつた」

と中也は悲痛な口惜しい男の告白を「わが生活」で行なっている。そして、その家は郊外の、汽車の音の遠く聞える場所だったというので、田端であってもおかしくない気がしてくる。

が、長谷川泰子述・村上護編『ゆきてかへらぬ』（中原中也との愛）を読むと、その場所が杉並の天沼である記述にであった。結局現存の泰子さんに、真実をこたえていただくにしくはなしと、泰子さんの住所を調べ、質問の手紙を出した。待つこと十日、首を長くしていた便りが届いた。二百字詰の原稿用紙三枚に達筆で書き流してある。がそれは、田端に住んだことがあるともないとも問題の核心にはふれてなく、ただ、

「御手紙の中に田端とかいてありましたがもう別れて心ならずも——あのあたりを歩いていたら妹が出て来たので、いそいで帰ってしまった事もあります」

とだけ誌されてある。妹とは小林秀雄の妹ということにちがいない。そこでそのひと高見沢潤子（田河水泡夫人）さんに早速電話を入れた。

「ええ私が田端にいたのは昭和のはじめ四年ごろで、家族は兄と泰子さんと母と私と夫とでした」

とすると、小林と泰子は劇的な別離をしたあとで、もう一度同棲をしたのだろうか。

小林と暮すようになると、泰子は神経症となり、次第に狂った態度で男を苦しめる。何もかも汚い汚いと怖れて炊事さえ泰子はできなくなった。気分転換のために鎌倉の長谷大仏前、逗子、目黒台町、東中野谷戸と家をうつったが、昭和三年五月いつものようにヒステリックに「出ていけ」と泰子にどなられた小林が、そのまま戻らなくなったのである。小林は奈良にいき、しばらく姿を隠したままとなる。もしそのあとで泰子が、もう一度田端で小林家に入ったのだとしたら、小林秀雄、中原中也の伝記は書き改めなければならない。

四、五日たって潤子さんから訂正があった。

「私の思い違いでした。泰子さんは田端の家にはいませんでした。昭和四年、兄は奈良から帰り、私たちは、それを機会に田端に移りいっしょに暮したのです。昭和六年秋になり、兄

は母と鎌倉に移り、もう田端の家は広すぎたので出て、私と夫はアパートに移りました」

小杉家の女中さんたちが羨んだ仲の良いご夫婦は、小林秀雄と泰子ではなく、小林の妹の潤子と前衛画家高見沢路直（田河水泡）の夫妻なのであった。

しかし小林に未練のあった泰子は、やがて小林が帰京し、田端に住んでいることを聞いて会いにいったことがあるのだろう。ものかげにひそんで小林が外出するのを、じっと待っていたにちがいない。しかし目当ての小林ではなく、その妹の姿にあわてふためいて、帰ってしまったとみえる。

「そんなこと、あったかも知れません。泰子さんのなさりそうなことですね」

と高見沢夫人も、筆者の空想を肯定するのである。

第十一章　「驢馬」の人たち

犀星をとりまく美青年群

「驢馬」は大正十四年の暮ごろから、田端高台通りの果物屋の二階にあった宮木喜久雄の下宿で、中野重治、堀辰雄、窪川鶴次郎、西沢隆二などがよりより相談をはじめ、十五年四月その第一号が誕生した。全員室生犀星の弟子であるが、彼らは誰一人室生を「先生」と呼ぶ者はいなかった。たまに「先生」と口走ると、

「驢馬」創刊号の表紙

「何だア、けったいな奴だなア」

と犀星にいわれた。弟子ではない、若い友人たちであると犀星は人に語った。詩を見てもらうこともめったになくて、若い詩人たちは意気軒昂としていた。犀星が室生さんであるだけでなく、朔太郎は萩原さんで、龍之介は芥川さんだった。文壇に出るのにスクラムを組んでいかなければダメだと彼らは考えたのである。室生は「驢馬」編集には口を出さ

ず、毎月足りない分を三十円出すのが役目だった。もっとも同人から要請があれば、友人たちから原稿の徴集もしたし、ことに表紙は田端の素人書家空谷山人・下島勲に頼んで書いてもらい、これを表紙にはみ出さんばかりにレイアウトさせたのは彼であった。この表紙の字は清新で、いかにも新人たちの詩誌にふさわしく、評判であった。

そのころ萩原朔太郎は室生にこんな冗談をいったものだ。

「堀辰雄は若殿様みたいだが、いったい君のまわりの人は、みな美青年が多いのは、君の好みだね」

と。室生に男色趣味があるような口ぶりであった。後年犀星はこれに対して、

「中野重治は顔の中にしみ一つついてゐない苦み走つた好い男振りだし、西沢隆二も『ろば』時代は手のきれるやうな美青年だつた。窪川鶴次郎にいたつては上眼をして笑ひながら談論風発すると、ちよつと惚れさせる側の人だつた。顔では色の白い平木二六もひよろひよろ侍のやうに気丈者であり、堀辰雄は豊頬含羞のたわやかなものを多分に持つてゐた。萩原のいふことに間違ひはない」

と「詩人・堀辰雄」のなかで述べている。このなかに宮木喜久雄が忘れられているが、最近すでに七十一歳になった宮木さんにインタビューしたが、そのかみの美青年の面影の充分にしのばれるようすであった。

さて彼ら美男たちが、犀星の門に入ったいきさつを語ろう。

大正十二年十月から大正十三年の暮れるまで犀星は金沢にあり、このとき高柳真三が四高

生の中野を川岸町の家へ連れてきた。高柳の母はとみ子夫人の教師時代の同僚であり、その世話なのであろう、田端の室生家の近くに下宿していたことは前述した。

　中野はぴかぴか光る袖口も切れて糸目の剝き出した制服をきて、以来ときどき現われるようになった。そして中野が窪川を連れてきた。彼も四高生で中野より二級下であった。

　十三年四月に帝大生になって中野が上京すると、窪川も四高を中退してその前後に上京し、貯金局につとめた。窪川は、「金沢のさいごの一年を、中野とめぐりあわなければ、わたしは文学をやるようにならなかったかも知れない」ともらしているように、中野に文学的にも人間的にも兄事していた。

　宮木喜久雄はそのころ海軍の水路部につとめ、翻訳を仕事にしていた。彼は明治三十八年に台湾で生まれた。中学を卒業して、大正十二年春上京して受験したが落ち、翌年また再上京して、東京外国語学校のフランス語に入りながら、すぐやめてしまった。

　就職してかたわら詩を書いているうち、犀星の詩こそ、自分にピッタリあうものだと考えて、ある日紹介もなしに五二三番地の家を訪ねた。そこで平木と知りあい、平木の家に同居するようになった。まもなく平木の家を出て、近くの果物屋の二階に移ったのである。

　また、西沢隆二は、佐藤春夫の紹介で犀星のもとへやってきた。

「驢馬」の編集は、宮木がほとんどひきうけることになり、勤めもやめて、彼は台湾からの姉の送金と室生からの援助と半々で、暮らすことになった。下宿はさらにポプラ坂の途中、左側の指物師の六畳の間を窪川と二人で借りることにした。この部屋は日当りもよく外から出入りのできる調法さがあった。

同人たちはここで編集会議をし、じぶんどきには室生家になだれこんで食事をし、またドヤドヤと席を立って、夜の田端の小路を高声をのこしながら編集所へ戻っていくのであった。歩いて五、六分の距離なのである。

ポプラ坂は細い坂だった。美しいうす緑色の敷石が二列になって坂の中央にしかれていた。左側には小さな溝があり、生垣があり、その下の低地に家があった。宮木たちの下宿はその一軒である。右側は台地のつづきで、門構えの家がならんでいた。せまくて同人たちは肩をならべては降りられなかったであろう。一人が敷石をふめば、一人が土の上を歩くことになるからだ。

同人会費は一人五円だった。しかし五百部刷るのに六十円かかった。金沢市で印刷をすると安いというので、金沢市殿町九の活文堂というところで刷らせた。そのため、一ヵ月近くも宮木が泊り校正などをした。

定価は二十銭、発売所は郁文堂である。なお三百部をあちこちに寄贈した。

驢馬　創刊

愛憐篇と郷土望景詩（評論）　宮木喜久雄

煙草や（詩）　中野重治

荷船（詩）　窪川鶴次郎

チヤボ（詩）　平木二六

ハイネ書簡（翻訳）　中野重治
近詠（俳句）　諸　家
母親（詩）　西沢隆二
杖のさき（アポリネルその他）　堀　辰雄
眺望（詩）　宮木喜久雄
何と云つたらいいか（六号欄）　堀　辰雄
馬耳東風（雑録）　窪川鶴次郎
表紙　空谷山人

右は大正十五年四月一日発行の「驢馬」創刊号の目次である。俳句近詠は芥川龍之介、佐藤惣之助、下島空谷、久保田万太郎、萩原朔太郎、小穴隆一、百田宗治、窪川鶴次郎、平木二六、千家元麿、室生犀星たちであった。まさに田端人総出演の図である。これは田端の土がはじめて生んだ一本の若木だった。田端文士村のおまつりでもあった。

彼らはうれしさに酔って、本をふところに入れるとまたドヤドヤと神明町の電車通りをつっ切って、進明館という活動小屋の隣のカフェーに出かけた。

「おい、こんな僕たちの雑誌が出来たんだよ」

と一人が「驢馬」を女給に渡した。

「まア立派な雑誌ですのね」

受けとって、頁を繰り彼女は感にたえない口調で言った。その人は田島いね子と名乗る美しい女性だった。

パイプの会

このとき中野は二十四、窪川と西沢、平木が二十三、堀が二十二、宮木二十一であった。「驢馬」の出る一ヵ月前に平木二六の詩集『若冠』が自我社から出版された。犀星の序文と龍之介の跋文とに飾られ、五十一編の詩が収容されてある。これは平木の秘書としての長年の労に報いて犀星が費用を出し、自費出版させたものであった。

平木は「驢馬」では創刊号から作品を出していたが、犀星の書いた「『驢馬』の人達」によると「後に平木二六が加はつたが何時の間にか同人から離れ」という表現があるので、ちょっと注目したくなる。五年前から室生に師事していた平木には、窪川、宮木らと相容れないものがあったのだろう。ポプラ倶楽部の坂の途中にある宮木たちの下宿での編集会議に、創刊のころは与らず『若冠』の出版に忙殺されていたのではあるまいか。第六号に同人氏名が公表されているが、これには中野、窪川、平木と三人目に名が見え、これは生年月日の早い順にならべられた。そして第七号の大正十五年十一月号の消息欄に、

平木二六君は都合により「驢馬」同人から退くことになつた。これは「驢馬」同人の意

志でもあり平木君の意志でもある。同君の為に間違はない様に書いて置きます。

とあって、ここにも小波が立ったことが知られる。

第三号から加わった太田辰夫は、第六号の同人氏名に名を連ねたけれども、第九号には悼文が巻頭に掲げられ、その死が報じられた。太田は金沢の人で中野、窪川と四高で同学であり、父の太田南圃は室生、芥川と交友の深かった碩学であった。

同人はまた中野、窪川、西沢、堀、宮木の五名に戻り、大正十五年は八月号と十二月号を休刊して七冊、昭和二年は一月号、二月号、三月号の三冊のみ、昭和三年には表紙の体裁が改まって、二月号と五月号が出て、全十二冊が「驢馬」発行のすべてであった。

復刊された第十一号からは、同人に渡辺亮介と葛巻義敏の二人が加わったことが、後記に誌されてある。渡辺は堀と一高時代の友人であり、葛巻は龍之介の甥であった。葛巻の家庭も複雑で、母は義敏の父と別れて弁護士西川豊と結婚していたので、家出して働いていたのを龍之介にみつけ出され、引きとられた。大正十二年一月である。彼の「驢馬」加入のときは十九歳で、アテネ・フランセでフランス語をやり、ランボウに傾倒していた。叔父なきあとも、田端の芥川家で暮していた。

再刊された十一号、十二号は、宮木喜久雄がほ

中野重治

とんど独力で編集したものだが、力つきて以後は廃刊となった。それも同人のうち、堀以外の四人がすべて社会主義運動に奔ったからである。

芥川が「驢馬」の同人のなかで、中野重治と堀辰雄の才能を高く認めたことは有名である。ことに中野について大正十五年の十二月に書いた「文芸雑談」中に、

「譬へば中野重治氏の詩などは今日の所謂プロレタリア作家の作品の様に精彩を欠いたものではない、どこか今迄に類少い、生ぬきの美を備へてゐる」

とたたえ、まるで死と戯れていたような鵠沼の貸家生活から同じころ室生宛におくった手紙には(大正十四年十二月五日)、

「ソレカラ中野君ノ詩モ大抵ヨンダ、アレモ活キ活キシテキル。中野君ヲシテ徐々ニ小説ヲ書カシメヨ。今日ノプロレタリア作家ヲ抜ク事数等ナラン」

と誌している。鋭い洞察力といわなければなるまい。堀はいわば芥川とは、文学的に血肉をわけた兄と弟のような関係にあったから、芥川が認めるのは当然だが、中野の前途への期待は、死に近い彼の、無私に近くなった精神の素直な感応と思える。

「驢馬」の廃刊のあと、堀以外はプロレタリア芸術連盟に所属した。同盟の機関誌「戦旗」が創刊されると宮木はその社長になり、中野は編集のかたわら小説、詩、評論を発表する。西沢と窪川は実際運動にとびだして、鶴見や十条で組合運動をやっていた。

その後思想弾圧がきびしくなり、宮木は昭和六年から八年までと、昭和十二年から十七年まで二度獄に下り、中野は昭和五年田端四四五番地に住むころ逮捕された。そして昭和七年

から二年間獄中生活をする。窪川も一年余り投獄され、西沢に至っては昭和九年から十二年間を獄中ですごした。処女詩集『編笠』の全作品は獄中で作られたものである。若い「驢馬」同人たちの青春の蒼白い火花を見る思いがする。

室生さえも、いつ警察の手が我が身辺に及ぶかも知れぬと考え、夕方に顔を剃り、朝の寝ごみに引っぱられても、顔だけは汚れていないように注意し、手拭と歯ブラシの包みは、湯殿ですぐ手につかめるような場所においておくことにした。そんなきびしい日常だったのである。

その一方でパイプの会というのを、のんきらしくも犀星が主宰していたのだから面白い。これは「驢馬」同人の煙草を喫む会合で、昭和二年四月一日と十五日に、上野三橋亭《さんきょうてい》で行なわれている。料理と酒をとり、それぞれ自分の分を払う。煙草も各自の出金で、一同パイプを携えて試しのみをする。十五日の方には芥川も出席した。犀星はこの会のためにロンドン製のパイプを買い、「クレプン・ミクスチュアの人懐こい味もいいが、マイ・ミクスチュアは最高である」などと比較して同人を煙に巻いた。もっとも喫みすぎで、翌日は舌がただれて痛いとこぼしている。

カフェー紅緑

田島いね子の勤めるカフェー紅緑は、神明町の電車通りにあった。露地をへだててとなりは進明館という日活映画のセカンド上映館で、雨じみのある天井と、トイレの匂いの漂う、筆者にとってもなじみ深い館だ。あのころは、観客席は中央が同伴席、男と女はその左右に別れて坐り、臨官席というのが一番後部に設けられてあって、たまに振返ると、巡査の姿があったのを覚えている。

紅緑はカフェーだが、当時は酒場と喫茶店とレストランとがはっきり分れていないころで、カツレツやチキンライス一皿を食べにくる客も客なら、コーヒー一杯で十銭玉一つの客も客だった。

「驢馬」の青年たちが、編集会議のあとで、あいかわらずの高声でさんざめきながら、電車通りをつっきり、進明館のスチールをながめ、紅緑のドアーをあけてドヤドヤと入りこむ。

この紅緑に大正十五年三月から勤めたのが、いね子だった。その一月に両親と上京し、紅緑の前の果物屋の裏に越してきたばかりであった。

トランプ模様のメリンスのきものに、赤い帯を胸高にしめ、エプロンをかけている女たちのなかで、黒っぽい袷を着て、額をすっかり出した地味な髪の結い方が、いね子を際立って見せた。言葉も少なく笑うときも口元だけで声を出さない。「驢馬」の男たちが全員いね子のファンになったのも当然だった。

彼女は明治三十七年生まれなので、堀辰雄と同年である。幼少時代にいね子も向島に住んでいたことがあって、牛島小学校では同学年のはずだが、貧しかった彼女はろくに学校へ出られず、キャラメル工場やメリヤス工場へ通っていた。幼い日から読書好きで、十一歳ぐらいから、父の読む「中央公論」や「新小説」などを手当り次第に読んだ。

「いね子、お前は小説の筋だけを読んでいるんだろ」

とある日、父に言われて口惜しかった。ろくに学校へも出してくれないくせにと恨みながら、筋だけ読んではいけないいんだナと納得する思いがあった。

日本橋丸善の洋品部の店員をしていた十七歳のときに、仲間にすすめられて、生田春月の「詩と人生」に詩を出し、認められたこともあった。生田から「文章倶楽部の新進詩人として、五人女性を紹介するのに出したいから写真を送るように」と照会があったけれど、詩人になる気はなく断ったことがある。生活するのがやっとで、与えられた境遇を生きていくよりない時代だった。

「驢馬」創刊号を見せられたとき、

「まア立派な雑誌ですのね」

と放ったいね子の言葉の落ちついた響きには、そうした背景の他に、十六歳のときに上野池の端の清凌亭で座敷女中をしていたとき、芥川龍之介と交流のあったことも、ふくまれているだろう。

芥川が清凌亭で食事をしたとき、「作家の芥川だ」と彼を見破ったいね子を、芥川やその仲間たちが清新な思いでうけとめていた。黒襟をかけた銘仙に、友禅と黒繻子の腹合せの帯をしめ、きりっと前かけをしめている、寸分のすきもない女中風俗をしているが、聡明な美しさに輝いた顔は、「どうしてこんな女の子が、料亭などに」といぶかしい思いを感じさせるほどであった。

「おれの愛読者を見せてやろう」

と、久米正雄、小島政二郎、佐佐木茂索、江口渙などが清凌亭に芥川のために連れこまれた。

「驢馬」の人たちといね子との親密な間柄は、客と紅緑の女といううちを次第に超えていく。そのなかで窪川がいね子の心をとらえるのだが、そのことは容易に想像のつくいきさつである。おそらく、いね子は窪川鶴次郎を愛するというより、そのはじまりは「驢馬」の同人たちを愛し、やむなく一人を恋人にきめたという気がする。としたら、それは、すでに新人会に入り、左翼運動に関わり、共同印刷の争議の応援に活動してひまのなかった中野重治は失格であり、堀はあまりにもつつましく、西沢にはそのころもう恋人がいて、年下の宮木でもなく、やはり「熱心でしつこい」性格を持ち、文学へひたむきな熱情をはしらせていた窪川以外ではないからである。

いね子は、

「窪川さんは勤めをやめて、文学に専念なさいませ」

という気持になった。自分は文学に希望はないが、文学への愛をそうした形で充たしたいと、切に願った。

この恋の舞台は神明町の紅緑であり、宮木と窪川が住まっていたポプラ倶楽部の坂下の下宿であり、室生家であり、田端の小路である。

「貰いにいってほしい」

と窪川に頼まれ、犀星が、いね子の父の田島正文にあいにいったが、

「あれはまだよそに遣ることができないから」

と世の父親が、娘を離したがらないときの紋切型のせりふを言われて帰った。とみ子夫人がいったが、やはり無駄だった。が、これは父親の言いわけではなく、いね子はこのとき、まだ前の夫小堀槐三と正式に離婚の手続きがふまれていなかったからである。

窪川鶴次郎といね子夫人

槐三は資産家の息子で、丸善の上役の世話で結婚したが、小堀家の複雑な事情と槐三の陰惨な嫉妬に耐えかねて、いね子は再三自殺をはかり、槐三と別居生活に入った。長女葉子をその後に産んでいる。

しかし窪川の熱情で、そうした事情もすべてふっとばし、二人は同棲した。いね子のつとめ先も浅草に変った。

田島いね子の詩が「驢馬」誌上にはじめて出るのは、第十号に当る昭和二年三月号である。「薄けぶり」という題である。

霧と埃とをふくんだ冷たい風が
この賑やかな西洋料理店の
椅子の下からわたしの頰を冷たく吹いて来る
天井にある造り花の赤いもみぢの下で
わたしは前垂のポケットに手を入れたまゝ寂しげに立ちつくしてゐる

こゝでは昼間から電燈がついてゐる
こゝは昼間だか夜だか分らない
家の中ではオーケストラがはじまり
私はこのまゝ夜のさわぎにまきこまれる
いやとは言へないで誰かゞ夜へ抱き込んで行く
私はもうしばらく健全な夕暮を知らない

（以下略）

この詩には、中野重治と、夫窪川との影響が強いことを認めないわけにはいかないだろう。『驢馬』は私の大学だった」と作家として大成してのちの佐多稲子が語るのも、うなずけることである。この言葉を解説するように、昭和四十四年三月二十五日の「朝日新聞」、「ほんとうの教育者はと問われて」に、

「この人たちに接して私の最初に感じさせられたものは、いわば『世間的常識』というものにこの人たちが卑俗性を見つけていたことである。誤解をまねかぬように言い直せば、決して非常識をよしとしていたのではない。尊敬する人に対しては礼儀正しかったし、愛するものに対しては心優しかった。街のある店でゆき合ったひとりの女に過ぎぬ私に対しても、この人たちは対等に接した。ささやかなものにも美しさを見出し、大仰なものに偽りを見分けた……」

とある。チビ下駄をはき浩然としている彼らから、本当の値打ちとは何なのか、浅薄を憎み純粋を見出そうとする文学精神を教えられ、「はじめて世の中に本当の怖れを感じ、本当の勇気ををも見出し得たように思う」と述べている。

「驢馬」が解散し、窪川が左翼に走り実際運動に入ると、いね子もカフェー勤めをやめ、プロレタリア芸術連盟に加わり、最初は演劇運動に属して女優修業をはじめた。

そのうち夫窪川や中野の指導でいね子は小説に我が道を見出す。

「この随筆を小説にしなさい」

と中野が、置き手紙をしていく日もあった。しかしいね子宛ではなくて、窪川鶴次郎にあ

てて書き遺していく。「驢馬」のメンバーはすべてこのようにつつましく心深かった。作家になろうとする彼女のために、堀辰雄はフランス語を自身で手ほどきをし、アテネ・フランセへの授業料を払ってくれたこともある。「みんなの星はみんなで守ろう。育てよう」と驢馬人たちは考えていたらしい。左翼も右翼もなく、いいものはいいという精神がそこにあった。

昭和三年二月、処女作「キャラメル工場から」が「プロレタリア芸術」に発表され、作家窪川いね子の出発となった。

なお「驢馬」にゆかりの場所を説明すると、カフェー紅緑は、現在本駒込四丁目のバスストップのある文京勤労福祉会館から、ほんの少し上野へ向った、十日堂パン店がそのあとである。田島いね子の家がその裏にあったという丸与果物店は、スナックと変っている。

かつて市電が長いこと、この不忍通りを往来していたが、神明町には車庫と、赤煉瓦の車庫事務所とが、いまの福祉会館の位置にあり、つい二、三年前まで残っていた。そしてその前にしゃがむと、ガランとした暗い建物の奥から、夏もヒンヤリと冷たい大正の風が吹きぬけてきた。

田端・神明町は庶民の町で、ほとんど目に残る建物がなかったけれど、田端駅構内の建物と、この市電車庫の赤煉瓦のビルとは、懐かしい風景である。前者は長谷川利行たちの画によって、往時をしのぶことができるが、後者は人びとの無関心のまま、消えていったのは惜しい。

またいね子の父は新しい貸家をみつけると移ることが好きで、果物屋の裏から、動坂松竹館のわきの小路の家に越し、三転して自笑軒の近くへと変ったそうである。

第十二章　巨星墜つ

暑い日

昭和二年七月六日に、室生は一家を挙げて軽井沢に行き、貸別荘に入った。留守は宮木喜久雄が引きうけていた。二十三日はとりわけ暑い日だった。夜、宮木がぼんやりしていると堀辰雄が訪ねてきた。二人は寝ころがって雑談をしているうちに、そのままうたたねをしてしまった。十二時すぎに二人は目を覚ました。「飯を食おう」と宮木が言い出し新しく米をとぎ、味噌汁の匂いが家中に流れた。食事がすんだのが午前二時で、それからハナをはじめた。ふいと堀が、

「芥川さんはもう寝たかしら」

と言った。

「もう寝たろう」

と宮木がこたえた。

そのころ、ここから二、三町離れた芥川の家で、彼は伯母ふきの枕もとへやってきて、

「これを明日の朝に下島先生に渡してくださ

宮木喜久雄

い」

と言って、

自嘲　水洟や鼻の先だけ暮れ残る　　龍之介

という自句を書いた短冊を渡し、一時半ごろ寝室にひきあげた。そのあとねまきに着がえ、ふとんの中で聖書を広げた。

二十四日未明に雨が降り出した。下島勲はその音を夢うつつにききながら、心地よい涼しさに眠りこんでいた。と玄関で聞きなれた芥川の伯母の声がする。妻のはまが出ている。「変だ」とか「呼んでも答えがない」などという断片が耳に入る。下島はギョッとして床の上に起き直った。

芥川の家へいく道はぬかり、あわてる下島の足を滑らせ、何度も転びそうになった。

「すぐ一緒にきて下さい」

小穴の下宿新昌閣の部屋の外で、芥川の甥葛巻義敏の声がする。小穴はとび出した。

「ほんとにやったのか」

「どうもそうらしいんです」

小穴が、義足をつけ芥川家へかけつけると、龍之介の枕頭に下島がいた。二本目の注射をすませ、彼は注射器を片づけているところで、

「とうとうやってしまいましたなア」

と小穴に声をかけた。

瀧井孝作はそのころ奈良住まいだったが、二十四日には京都に出て、東山の奥の法然院に近いところに逗留していた遠藤古原草をたずねていた。古原草は小沢碧童や、小穴とともに、かつて芥川と行燈の会を行なっていたメンバーである。古原草は痩せて胃腸の痼疾に悩んでいた。将棋を二、三番指し、奈良へ帰ったら東京の芥川家から、「リユウノスケシス」の電報が届いていて、瀧井はすぐに夜行で出発した。ひるま古原草をたずねたことも、何かのめぐりあわせのような気がした。

室生犀星もすぐに軽井沢を出発し、田端へむかった。室生が芥川家へ着くと、垣根の辺りからもう線香の匂いが漂っていた。

書斎の芥川と長男の比呂志

室生は畏敬する友の死に顔を見た。彼は少し歯をあらわし、呼吸の絶えた人の急な衰えをみせ、顔色はやや黄味を帯びていた。平常芥川の一番静かな気持でいるときの表情の出ているのをゆっくり確かめ、室生は白布でそれを覆った。

下島は、

「私が来たときはもう駄目でした。遺書にも『助かるとしても助けてくれるな』と書いてありました。自殺の予感はあったのですが、仕方がなかった」

とささやき、小穴は、

「おれは芥川さんがこうなることは、ずっと先に知っていたが、遅くなるか早くなるか時日の問題にすぎなかったのです」

と言い、芥川がこの二年絶えず小穴や文夫人に死の方法や時期を予告し、

「また死ぬ話をしようや」

とまるで死と戯れているとしか思えない口調で、小穴を悩ましたことを話した。危いという晩は泊りこんで警戒したが、昨夜は連日の緊張に疲れて、下宿に帰っていたのだそうだ。

小穴の話しぶりには「芥川を深く知る者はおれ以外にはない」という傲岸な風が見え、それが犀星の反発をさそった。が、小穴の描いた芥川の死に顔を手にとると、それはすばらしい傑作だった。すくなくとも小穴が平常いかに芥川を見ていたかがわかり、その優しい弱り方をそっくり写し上げているところに、手腕と真実さとがあると犀星は思った。

香取家との間の垣根はとり払われて、弔問客が香取家の応接間にもあふれた。通夜客のなかに香取秀真、小杉未醒、鹿島龍蔵、北原大輔の顔も見えた。土屋文明、久保田万太郎、野上豊一郎、彌生子夫妻、山本有三も交じっている。

「とうとうやってしまいました」

と芥川の伯母さんが広瀬雄の家へかけつけて訴えるころ、夕刊のない日曜日であったにもかかわらず、田端村には芥川自殺のうわさが波紋のようにひろがっていた。これには、その

ころ普及し出したラジオが一役買っていたのである。

高台通りの中村歯科医院では、主の嘉《よみす》と妻のヨシが、

「芥川さんなら一週間前に治療にきたばかりなのに」

と茫然と語りあっていた。

我鬼

さて、芥川龍之介の死の原因は何だったのか。これはあまりにも多くの人々に論じられすぎたようだ。そのくせ万巻の芥川研究書を読んでも、明快な答えのでるはずはあるまい。死者当人もその遺書で「あるぼんやりした不安」と書いている。おそらく当人にも明確に語れないほど、多くの要因が錯綜しているはずである。

「何といっても病気が第一原因だろう」

という研究者もあるが、主治医下島勲は、世上に流布されている肺結核の症状のなかったこと、胃痛を訴えたのも神経性のもので、胃アトニーとして症状の独立したのはやっと亡くなる一年前であること、持病の痔疾というのも安臥していれば充血も去り、収縮する程度の脱肛で、手術の必要も認めない程度であると、芥川の自殺早々の「改造」誌上で断じている。

残るは神経症状とこれによる不眠であるが、やはり執拗な不眠で悩まされたことのある同

時代作家の広津和郎は、

「眠れないときは眠らずにいて、ぜったいに睡眠薬の世話にはならないで、ついに克服した」

と言っている。芥川と同じく知性派で「神経病時代」の作者の言葉である。芥川に、広津だけの強い精神がほしかったと思う。

芥川の神経症状というのも、多分に誇張がふくまれ、かつ彼は、狂人になることを怖れていたくせに、狂人のふりをするのが好みだった……。むしろ死の日まで、彼は冷静で、精神は健康で、死の演出を着々と行なっていたようである。

姦通の相手である秀しげ子の動物的な欲情と、家庭にまでズカズカとふみこんでくる神経の図太さには、戦慄していた龍之介である。心弱っていた彼には、このことも、家庭の暗さも、コミュニズムへの恐怖も、創作のゆきづまりも、すべてひっくるめて死への誘いと変り、自分で肉体を衰弱消耗させせることに努めたとより思えない。

「河童は川で果てる」という俗な言葉があるが、芥川の死への出発を思うとき、浮かぶのはこのロジックである。

森鷗外は芥川の資質に近い作家だが、訪れた後輩作家たちと談笑することはなかった。芥川たちが訪れ、何か議論を持ちかけても、

「それは僕の任ではない」

と一言で突き放してしまうところがあった。が芥川は、江戸っ子の下町育ちらしく饒舌で、

世話好きで、客好きで、我鬼窟も澄江堂も文学サロンの観があった。そのことは全くすばらしいことであった。大正の一時期の文壇を「田端時代」という言葉を使う人があるほどで、小島政二郎、佐佐木茂索、南部修太郎、瀧井孝作をはじめ、多くの文学志望の男女たちの教室であり、久米正雄、佐藤春夫、宇野浩二らはじめ、あまたの同輩作家の喫煙室でもあった。

しかしそれにしても龍之介は、あまりにも多くの顔を持ちすぎたようである。菊池、久米など「新思潮」以来のライバル作家たちに対する顔と、下島、小穴へのそれとの懸隔のはげしさ、香取秀真や鹿島龍蔵には親戚の伯父さんのごとく甘え、驢馬人たちへも挨拶を怠らず、家庭ではよき子、よき甥、よき夫、よき父を演じていた……。これでは疲れ、いいかげんなところで人生をカットしたくなるのも無理ではない。

芥川はまた恋の多い男だった。初恋の吉田彌生のことを前述したが、彌生に海軍士官との縁談が起きると、彼は改めて彼女への愛を認識して、彼女に積極的に近づいたり、家庭で彌生を妻にしたいと言い出したりしている。塚本文は別にして、その後海軍機関学校の教官時代に恋心を抱いた同僚佐野慶造の妻花子、鎌倉小町園のおかみ、秀しげ子と、彼の恋の遍歴をたどると、人妻の多いことにおどろく。また晩年の恋人であったくちなし夫人の片山広子は、そのころの文壇人のなかで文学夫人と呼ばれ、才学秀でた女性として憧れの的であった。菊池寛も彼女には尊敬を感じていたし、久保田万太郎などは夫人のペンネーム松村みね子をとり、一時松村傘雨と俳名を名乗っていたくらいである。室生犀星や堀辰雄の広子への思いはいわずもがな、衆目の仰ぎ見る星を盗むよろこびは、有夫の女性に挑むのと同じ嗜好ではあるまいか。
数少ない龍之介の詩のなかに、次の三編を見出した。

船乗りのざれ歌
この身は鱶《ふか》の餌ともなれ
汝《な》を賭け物に博《ばく》打たむ
びるぜん・まりあも見そなはせ
汝に夫《つま》あるはたへがたし

夏
微風は散らせ柚《ゆず》の花を
金魚は泳げ水の上を
汝は弄べ画団扇を
虎疫《ころり》は殺せ汝が夫《つま》を

悪念
松葉牡丹をむしりつつ
ひと殺さむと思ひけり

芥川家書斎で将棋に興じる小穴隆一、岡栄一郎、佐佐木茂索

光まばゆき昼なれど
女ゆゑにはすべもなや

死ねばよいと願ったのは小町園の角刈りの主人なのか、秀しげ子の夫の帝劇の電気技師か、花子の夫である理学士佐野慶造かは不明である。しかし理知の人龍之介の心内に、めらめらと嫉妬の炎がいつも何かに向って燃えていたことは閑却できない。佐野花子の私家版「芥川龍之介の思い出」には、悪意に充ちた「佐野さんのこと」という小品を芥川が雑誌に発表し、海軍機関学校長が憤慨して、芥川をよびつけ、職員全員のまえで慶造に謝罪させたことを記している。

大正九年十一月、京阪地方へ講演にいった龍之介は、宇野浩二を誘って下諏訪に芸者ゆめ子を訪ねた。

白玉のゆめ子を見むと足びきの山の岩みちなづみてぞ来し

というこのときの歌は、何とも弾んでいて、若さを感じさせるではないか。

ゆめ子というのは宇野のプラトニッククラブの相手で、その人をモデルにして「ゆめ子もの」と名づけられる一群の作品を書き、評判になっていたからである。

ゆめ子は宇野の小説の名で、実際は芸名を鮎子、本名は原とみである。

下諏訪で芥川と宇野はゆめ子に逢い、食事がすむと三人で活動小屋へいく。そのころの田舎の映画館にはコタツがあった。宇野はコタツが嫌いなので手をいれなかったが、そのうち宇野は芥川が妙なおしゃべりをするとき必ずコタツに手を入れることに気づいた。「ハハアー、芥川はこのコタツの中で……」と宇野はさとった。

ごていねいに芥川は、その後ゆめ子にラブレターを書いて、「あんな楽しいことはありませんでした」「僕はただあなたが僕のそばにすわつてゐて、ときどき茶をたててくださるだけで満足です」「宇野にはちよつと惚れた、といつておきましたが、正直にいふと僕はよほど惚れました」

などという殺し文句をちりばめている。

しかもゆめ子は二十一歳だが、顔はいくらかしゃくれ顔で、色が黒く、おせじにも美人とはいえない田舎芸者なのである。芥川ともあろう人の相手ではない。これは人のものにチョッカイを出したがる、彼の特殊な傾向のよく現われたエピソードだと思う。

室生の前で朔太郎に媚態を示して、犀星にどなられたことを思い出してほしい。

昭和四十年に筆者は片山広子の評伝を書いたことがある。そのとき広子の親友であった村

岡花子から取材した。村岡は、

「片山さんは文学の毒気で生きていた人だ」

と語っていた。

この筆法で論ずるなら、芥川龍之介は文学の毒が全身にまわっていた人、というべきかもしれない。

「金はいくらでも出す。ゆめ子をものにせよ」と小穴隆一に頼むある日の龍之介。

死のスプリングボードにしようと、愛してもいない平松ます子に恋の歌をささげる龍之介。

　世の中は箱に入れたり傀儡師《くわいらいし》
という彼の句があるが、傀儡師は龍之介自身の姿ではなかったか。我鬼とはよくぞつけた俳名なりという感がないでもない。

わが才知の沼の深さに自ら溺れたかなしさを、明け方の冷たい雨の音を聞きつつ、自嘲とまず筆を走らせ、「水涕や鼻の先だけ暮れ残る」と一気に書き、死の床へ静かな歩みを龍之介は運んだのである。

蟬の声

いま机上に「文藝春秋」の昭和二年九月号がある。「芥川龍之介追悼号」と銘が打ってある。この本は傷みもひどく雨じみもあり、いまだに頁を繰るとムッとするカビ臭い匂いがするが、小穴隆一の旧蔵本である。目次を見ると、下島勲、小穴隆一、瀧井孝作、土屋文明、山本有三、長野草風、久保田万太郎、など田端人、準田端人が、菊池寛、谷崎潤一郎などの間に伍して、芥川の追憶を語っている。ところが、当然あるべき室生犀星の原稿は掲載されていないのである。

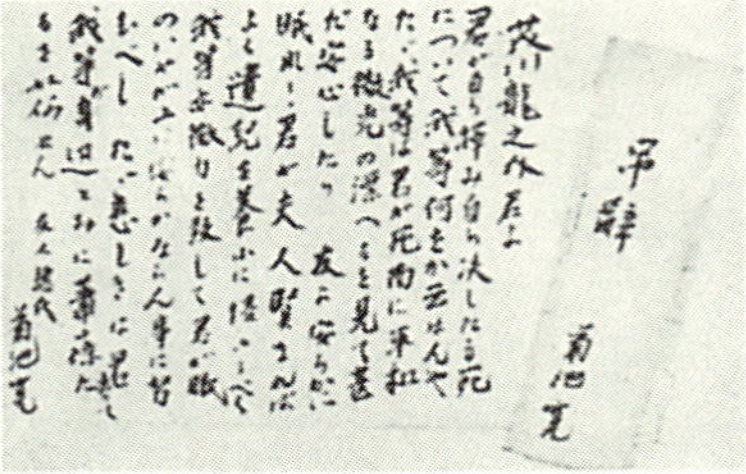
弔辞　菊池寛

芥川龍之介君よ
君が自ら択み自ら決したる死
について我等何をか云はんや
たゞ我等は君が死面に平和
なる微光の漂へるを見て甚
だ安心したり　友よ安らかに
眠れ！君が夫人賢なれば
よく遺児を養ふに堪ふべく
我等亦微力を致して君が眠
りのいやが上に安らかならん事に努
むべし　たゞ悲しきは君去りて
我等が身辺とみに蕭条たる
を如何せん　友人総代
菊池寛

菊池寛の弔辞

「文藝春秋」ばかりではない。室生は「改造」にも、「中央公論」にも、芥川追悼の文章を断りつづけた。「芥川君の追悼文書かぬことに心を定む。故人を思へば何も書きたくなし」「追悼座談会明日あれど出席しがたく返電を打つ」などと当時の犀星の日記は記録している。「驢馬」に「清朗の人」と題して芥川の追悼文を載せたのは昭和三年二月号で、龍之介の死後半年目である。「驢馬」の創立以来の芥川の厚情を思うとき、筆を執らないわけにはいかなかったのであろう。しかしまだ室生のなかで、芥川の死は整理されていない。

犀星が龍之介の死をわが体中にひきいれ、自分のなかで龍之介を蘇生させるまで、なお半年の歳月が必要であった。昭和三年「文藝春秋」七月号にものした「芥川龍之介を憶ふ」がそれである。室生はそのなかで芥川によって、その死の影響によって、文事に再び奮い立つ決心を述べている。こうした著しい受けとり方を龍之介の死に対して行ない得たのは、室生であり、また堀辰雄であったろう。文中で犀星は、

「去年の七月二十四日のお通夜明けに、椎の木の頂に夜の白むのと同時に啼き出した蟬の声は、自分の現世のあらん限り忘られぬ凄じい蟬の声だつた」

と叙述している。詩人室生犀星にしてはじめて得られる感慨であろう。古い沼のような田端の、おだやかな空気をつんざいて鳴き出す蟬の声を、全身に浴びるときの恐怖に近い驚きを、私も知っている一人である。

かつて大正十四年十一月、萩原朔太郎が田端を去るのを、余儀なく見送った犀星であった。彼は鎌倉材木座へ家をみつけていた。

「いつ君は鎌倉へ移る?」

「近日中」

「早く行けよ。居ない方が気持が好いから」

と犀星はこのとき憎まれ口を叩いた。しかし朔太郎は知っていたのだ。その言葉が限りなき友情を示す反語であったのを……。

龍之介をうしなった悲しみは、犀星をすっぽりくるみ、田端のあの坂、この小路を歩みながら、共に歩いた亡き友がしのばれてならないのだった。一方萩原はまる一年で鎌倉をひきあげ、東京府下荏原郡馬込村に住んでいた。犀星はとうとう朔太郎の傍へいこうと決心して、萩原夫人稲子に貸家さがしを頼んだのである。

昭和９年７月，澄江堂七回忌に集まった人々。文子未亡人，長男比呂志を囲んで，菊池寛，佐藤春夫，徳田秋声，佐佐木茂索らの顔が見える。

七月一日（日曜）
田端を引払ふこととせり。離れの植木は既に運送に托せり
七月二日（月曜）
明日長期の旅行に出んとす。
赤倉の光子奥さん、窪川の妻君来り手伝ひて貰ふ。夜おそくまで荷作りをなす。
七月三日（火曜）
福士君高柳の奥さん見送に来る。
軽井沢に着く

と昭和三年の日記に犀星は録している。こうして室生は愛した田端の庭と家に別れを告げ、十二年のなじみの土地と訣別をした。出立のとき植木や石のいくつかを、隣家の広瀬家へ記念に贈った。

室生一家はその夏を軽井沢ですごし、そのあとしばらくを郷里金沢で仮寓して、宿願通り大森谷中一〇七七の、萩原夫人の探してく

れた貸家に移った。昭和三年十一月であった。こうして澄江堂サロンは消え、詩のみやこも解散した。

　牛久沼河童の絵師の亡くなりて
　唯よのつねの沼となりにけり

これは小杉放庵の歌である。牛久沼に住んでいた画仙小川芋銭《うせん》のことを歌っている。しかしこの歌は芥川を詠んだものと思ってもぴったりではないか。晩年の龍之介は、好んで河童の絵を描いた。「河童」というユニークな小説も書いている。

龍之介逝き、田端はもとの何ごともない住宅地にもどったのである。

付・田端の女性たち

田端文士村には「驢馬」の佐多稲子のほかに女流は登場しないが、佐多以外に住んでいなかったわけではない。ただ人が人を呼び、互いに影響しあっていた田端川の流れのなかに参加していなかったので、ふれるのを怠ったのである。

田端高台四八〇番地のあたりには、「東の榊原蕉園、西の上村松園」とならび称された美人画の蕉園が住んでいた。何しろ二十歳のときに文展の三等賞を射止め、以来毎年入賞する腕前である上に、大へんな美人だったから、人気作家だった。結婚したのは同門の池田輝方で、夫妻は水野年方の弟子であった。

蕉園にはやはり美しい妹たちがいて代りばんこにモデルになってくれた。また結婚しても田端の実家が広かったので、その二階を画室として精進した。長男も生まれたが、使用人も多く、蕉園はただ画業に打ちこんでいればよかったのである。当時としてはすばらしい環境である。ところが病魔の冒すところとなり、転地療養の甲斐もなく三十一歳で大正六年の末に田端でなくなった。結核であった。

同じころ田端駅の近くに大きな邸を構えていた日向《ひなた》きむ子も、評判の女性だった。毎朝白馬で高台を一まわりする、モダンガールのはしりのような存在だった。彼女の趣味で蛇をいっぱい飼っていたので日向家は蛇屋敷といわれていた。当時九条武子、柳原白蓮、日向きむ子を三美人と称える人もあったくらいで、美しさも抜群だった。夫の日向輝武は代議士だったが、収賄事件に連坐して下獄中に病死した。かくて、きむ子の栄華も一朝の夢と消えてしまった。

平塚らいてうが、田端下八幡《しもはちまん》の近くに新築して、夫の奥村博史と長女曙生、前年に出生した長男敦史と移ったのは大正七年である。らいてうは三十二歳、結婚をしても第一線の婦人運動家として、この年は与謝野晶子と〝母性保護論争〟を行なって、人々の耳を聳《そば》だたせた。

大正八年の我鬼窟日録、六月七日の条に、

「午後木村幹来る。一しよに平塚雷鳥さんを訪ひ、序に『叔父ワニヤ』の稽古を見る。画室の中には大勢の男女。戸口の外には新緑の庭。隅の椅子に腰を掛けて見てゐると、好い加減の芝居より面白い」

とある。

「叔父ワニヤ」は新劇協会の人たちにより、有楽座で上演することになっていた。その稽古を座員のひとりである博史の画室でやっていたのだろう。「エライ女」が大嫌いの芥川も、目と鼻の雷鳥とは往来のあったことがわかる。彼女の田端生活は五年ぐらいだった。

平塚らいてう

山田順子は昭和二年に、室生犀星家のすぐ近くに恋人と暮しはじめ、驢馬人たちとも顔なじみであった。

順子は当時男性遍歴の多彩なことで、有名であった。もともと作家志望で大正十三年に徳田秋声を頼り、小樽から上京した。このとき「水は流るる」と題した千五百枚の原稿を携えていた。

夫を捨て、この原稿を出版したいばかりに聚芳閣社長と関係した順子は、本ができると、こんどは装幀をしてくれた竹久夢二と結ばれた。夢二には同棲するお葉がいたので、結婚をあきらめ、妻をうしなったばかりの秋声の腕にとびこむ。大正十五年にはすでに順子と秋声の結婚がうわさされているが、昭和二年四月二十四日の「朝日新聞」で、

飛び石のやうに／男を渡り歩く山田順子／突然、愛人秋声氏を裏切つて／若い慶大生と結婚

とセンセーショナルな見出しで、順子が四月上旬逗子に転地し、そこで知りあった慶大生井上丈夫（仮名）と親しくなったことがのべられてあった。これと同時に、秋声側の、

にくむべき女／可哀さうな女だ／「つまり毒の花だ」と／あきらめて語る秋声氏

という記事が出た。

ところが、それより二ヵ月前の昭和二年二月二十四日の空谷日記に、

「夕方――和製のノラとして有名な山田順子さんからハタ〴〵を贈られたから分配するとて室生君自身で持つてきてくれた。次手に調理法まで叮嚀に教へてくれた」

とある。すでに順子はこのとき田端に住んでいたのである。ともに住んでいた恋人は、この新聞の記事通りとすれば、マルクスボーイの本名井本威夫で、この年順子は満二十六歳、井本は三歳年下である。

その後順子は井本と別れ、秋声のもとへ戻り、元の枝におさまるが、三、四年のちに、また勝本清一郎（文芸評論家）のもとへ走った。全く目まぐるしい女性である。彼女たちの愛の巣は、梅屋敷の茂みに隣りした暗い小路にあり、こんな恋人たちの隠れ家にはもってこいの静かな住居だった。おとなしくしていればよいものを、室生などにハタハタを贈ったりするから、新聞記者にかぎつけられ「飛び石のやうに男を渡り歩く山田順子」などとやられてしまうのだろう。

山田順子

やはらかにわが黒髪も匂ふなり
　さくらさく夜の湯帰りの道

四賀光子の歌である。彼女は太田水穂の夫人で、夫に従って大正八年に田端二田荘に住んだ。ここから府立第一高女に通い作歌のかたわら教壇に立っていた。明治十八年生まれの彼女は女流歌人の最古参として、嗣子太田青丘とともに「潮音」を主宰していた。

東洋のマタハリといわれた川島芳子が、田端五〇〇番地の相蘇という家にいたのは、大正の末ごろらしい。滝一小学校の石坂を下る左側だった。彼女は明治三十九年に清朝の粛親王の第十四王女に生まれ、辛亥《しんがい》革命で清朝が崩れるとき、粛親王の顧問だった川島浪速に抱かれて日本へ亡命したという数奇な運命の持ち主だった。昭和二十三年、彼女は漢奸《かんかん》として戦時中のスパイ行為を国府軍に問われて銃殺された。男装の麗人としてさわがれたのは昭和九年三月、東宝劇場で水谷八重子が、芳子に扮したためもある。

こうして田端女性を並べると、大分猛女が多いのにちょっと意外な気がする。しかし、そろいもそろって美人なのは楽しい。

（文中敬称略）

おわりに

芥川の小説よりは、芥川の生涯の方がはるかに文学的だと、かねて思っていた。そしていまは、そんなものより、龍之介のきららかな人格そのものに深い興味を抱いている。

彼は周囲の人すべてを、芥川教の信者にする磁力を備えていた。当人さえ知らない、その人の内奥の才能と運命を予見する霊能者だった。ひざまずく教徒たちを、強い呪術で生まれ変らせるオールマイティの魔人であった。もちろん田端の王さまなのであった。従って、彼なきあとの田端が、文士村の性格を失ったのは当然であった。

さて昭和二十年四月十三日、夜十一時すぎだった。警戒警報が鳴り、鳴り終らないうちに、もう爆撃がはじまっていた。

防空壕に待避していると、その夜の敵機はすべて頭上を翔ぶのを知り、〈いよいよ今夜はダメかも知れない〉と感じた。

どのくらい時間が経ったのかわからない。

「にげろウ。残っている者はないかア」

防空群長のO氏の声だ。壕を出ると、あかるい道に炎に追われた避難の人群れが、高台通りへ夢中で移動している。そのしんがりにつき、チラと五二三番地の細い通りを振り返った。それが見おさめであった。

この夜、田端は一面の廃墟と化し、澄江堂も、波山邸も、ポプラも、すべて劫火のいけにえとなった。

香取正彦夫人は、「戦後、何とか田端へ帰ろうと、努力したのに帰れなかった。こんなところで死ねないと、ずいぶんあせった」と述懐されていた。田端とは、そういうところだったのだ。

しかし、現在の北区田端は芥川時代の田端村ではない。土のにおいも失われ、緑も少ない。藍染川はアスファルトの下に眠り、田端駅から動坂への切り通しには、東台橋と童橋の二橋がかかった。駅の黒い枕木の柵もとりはらわれた。そして、詩韻《うたごえ》はもうどこからも聞えてはこない……。

最後に田端村二世たちの動静を誌そう。

香取秀真長男正彦氏は鋳金家、また堆朱楊成の長男克彦氏は第二十一代楊成をついだ。板谷家では長男菊男氏は私立開成高校の教諭、四男松樹氏は工博で元東京工大教授、広瀬雄長男淳雄氏は東京電機大教授、柚木久太次男沙弥郎氏は染色家で女子美大教授、吉田三郎長男渉《わたる》氏はグンゼ産業社員、鹿島龍蔵長男次郎氏と、小杉未醒長男一雄氏は早稲田大学教授、未醒次男次郎氏はカーデザイナー、夫人はポプラ倶楽部針重敬喜の次女ちづ子さんだ。

田辺至の長男穣《みのる》氏は洋画家、下島勲のあとをつぐ連氏は亜細亜大学教授、山本鼎の長男太郎氏は詩人、芥川家の比呂志、也寸志兄弟は俳優と音楽家であり、室生家、萩原家の長女朝子さん、葉子さんは作家である。

このほとんどの方にインタビューを許され、ご協力いただいたことをここに感謝する。

昭和五十年九月

解説

植田康夫

昭和四十九年十月に『本郷菊富士ホテル』によって〈文壇資料〉という新しいジャンルをノンフィクションに拓いた近藤富枝さんは、つづけて昭和五十年九月に、〈文壇資料〉の二作目として、『田端文士村』を出した。これらは、いずれも書き下しであったが、この〈文壇資料〉は本郷菊富士ホテルとか田端文士村など、場所をある特定の空間にしぼり、その空間の中で、作家たちがどう生きたかを、多くの資料を駆使し、さらに関係者への取材によって明らかにしながら、一編の読物にしている。

おそらく、この仕事は文壇史の一つと目されるであろうが、文壇史とはいっても、伊藤整氏の『日本文壇史』などとは性格を異にする。というのは、伊藤氏の場合は、明治から大正にかけて時間的な流れの中で作家の生態をとらえ、さらに方法的には、書かれた資料のみを用い、関係者へのインタビューという方法はとられていないからである。

これに対して、近藤さんの〈文壇資料〉は時間よりも空間にポイントがおかれ、方法の面では取材を加味することによって、資料だけではうかがえない事実を発掘しているところに特色がある。そしてさらに、選ばれた空間が著者と何らかの私的な関係があり、そのために、著者自身の体験が行間に息づいている。こんど文庫化された『田端文士村』の場合も、著者

いる。

こうした特色をもつ『田端文士村』は、まず田端という場所が、最初は陶芸家板谷波山がこの地に窯を築いたのが端緒となって美術家を中心とした〝日本のモンマルトル〟と称する〝芸術村〟として開けたという事情を紹介し、やがてこの土地に芥川龍之介一家が移住して来たのを契機に〝文士村〟へと変貌してゆく様を描いている。

だから、本書の中心となる人物は芥川だが、彼は周知のように、昭和二年七月二十四日未明、三十五歳の若さで自殺した。そのため、芥川に対しては、悲劇の作家というイメージが強く、さらに彼の作風や、一高時代の友人で「新思潮」の同人である菊池寛や久米正雄、成瀬正一、松岡譲らとのつきあいから浮びあがってくるのは冷たく理智的な作家であるという印象である。

たとえば、伊藤整氏のあとをうけついで瀬沼茂樹氏が執筆した『日本文壇史』第23巻の「大正文学の擡頭」という巻の第三章には、第三次「新思潮」に参加していたころの芥川と久米正雄について、つぎのような描写がある。

「本郷四丁目の久米正雄の下宿は、大学に近いので、午休みになると、『新思潮』同人が集って、雑談に賑った。ここが編輯室というわけで、同人は公然と出入し、肌理の粗い、頤の角ばった久米正雄と、逆二等辺三角形といった広い額と青白い顔に炯々とした眼を光らせた芥川龍之介とが、よく機智を応酬していた。久米正雄は、生真面目な秀才で、衒学を軽蔑している癖に、結構、ペダンティストで、悪くすると、小上田敏になりかねないと、龍之介を批評すれば、芥川龍之介は、実生活上でも、文学上でも、その趣味に田舎者臭いところが多いが、よい加減な都会人よりも官能の鋭敏なところがあって、結構、ダンディの素質が多分にあると、負けずに正雄を批評していた」

ここに描かれているように、芥川は「広い額と青白い顔に炯々とした眼を光らせた」「生真面目な秀才」というイメージが文壇史のうえでも確立していたのである。

ところが、近藤さんの『田端文士村』においては、芥川は右のように常識化されたイメージを破る形で、われわれの前に現われる。それは、芥川が単なる「生真面目な秀才」ではなく、「江戸っこの交際上手」の才能があり、「田端の書斎にたっぷり人を集めて、彼はそのなかの王様の位置に坐る」という形で、自分のまわりの人間に独特の「教化力」を発揮したということである。

たとえば、本書の第七章「道閑会」では、鹿島組重役の鹿島龍蔵が中心となってつくられた道閑会の集まりでの芥川について、こう書かれている。

「この晩はとくに面白い話がつぎからつぎへと出て、座は弾んだ。酒の勢いで徹夜の宴となりそうになったので、万太郎と下島はひそかに脱出し、それぞれ帰宅して寝についたのだが、下島は病人ができたという口実で電話でよび出され、とうとう徹夜をつきあわされたという。酒ののめない芥川も、つきあいのよい江戸っ子のつねで、大いに座持ちをしたにちがいない」

ここに登場する万太郎とは、芥川の府立三中での一年先輩にあたる久保田万太郎のことであり、下島とは、芥川の主治医であった下島勲のことであるが、芥川はこのように「つきあいのよい江戸っ子」であり、さらに同じ章では、万太郎に対して、芥川がつぎのように「教化力」を発揮したと、書かれている。

「二人は逢うとなぜかすぐ俳句の話になった。

『どうだいこの句は』と芥川。

『面白くないな』と万太郎。

『芭蕉だぞ』と芥川がタネ明かしをしてよろこぶ。芭蕉の有名でない句をわざわざ探しておいて、万太郎をためすのである。こんなことから万太郎は、また俳句に意欲を持つようになり、龍之介と歌仙を巻いたりする。ここでも龍之介の教化力を感じないわけにいかない。昭和二年五月に万太郎は、処女句集『道芝』を出したが、その序文は龍之介が書いた」

本書によると、こうした芥川の「教化力」は、万太郎に対してだけでなく、瀧井孝作や香取秀真などに対しても発揮され、主治医の下島勲にも及んだ。そのため第八章「王さまの憂鬱」では、下島が「西洋文学に対する概念を摑むことの出来たのは、全く芥川君の指導によつたわけでありまして」と告白した談話が紹介され、下島が井月《せいげつ》という俳人の研究家となり、書家として名をなしたのは、芥川の影響によるものであったと、本書の著者はつぎのように指摘している。

「芥川は、古武士のような市井の一老医師にいのちの火を吹きかけて、井月研究家、個性的な書家として名をなさしめたといえないであろうか。他人の才能の有無を予見することに、霊能者に等しい直観力を持っていた芥川である。その人のなかの眠っている才能を発掘し、花開かせることに手腕を揮うことに無上の喜びを感じていた芥川であった。彼ほどの博労の手にかかって名馬にならない者があろうか」

また、同じ章には、こんな記述もある。

「芥川は田端の王様であった。眩い存在であった。誰もが彼を愛さずにいられないほど彼は才学に秀で、誰にも優しく、下町人特有の世話好きの面もあり、懐かしい人だった。その代り、彼の前に出ると、何時の間にか自分は吸いとられ、新しい人間に生き返らされている。しかしそうした結末を当人は喜び、新しい衣服を喜ぶ心理で、いっそう芥川を愛したというのが、芥川家に集った大方の文学志望者や芸術愛好家たちではあるまいか」

このように、芥川は「下町人特有の世話好きの面」を発揮し、そのことで、まわりの人間に大きな影響を与えたが、こういう芥川像は、これまでの芥川論や文壇史では見ることの出来なかったものである。これは、さきに紹介した瀬沼茂樹氏の『日本文壇史』のように、芥川をめぐる人間関係を一高生による「新思潮」の同人という面からとらえることが多かったからである。

この「新思潮」同人との関係では、芥川は「生真面目な秀才」という側面しか、われわれに見せていない。しかし、芥川を「田端文士村」という空間の中で見るとき、そこには「新思潮」同人に対しては見せることのなかった「下町人特有の世話好きの面」があらわれてくる。そのことによって、芥川はこれまでの芥川論ではうかがえなかった人間像を示すことになったのであるが、これはそのまま近藤さんの『田端文士村』の功績である。

この本は時間軸でなく、空間軸を主にした文壇史であるということは、すでに冒頭でのべたが、その空間軸として「田端」という場所を選ぶことで、著者は芥川に対して新しい光をあてることになったのである。すなわち「田端文士村」における人間関係のなかでは、芥川は幸せであり、彼の人間性が十全な形であらわれたことを、本書は示しているのである。

だから、本書においては、「新思潮」同人たちと芥川との関係は、むしろ不幸な関係であることをにおわせている。それは第三章「『羅生門』の作者」の末尾においてだが、この部分で著者は、芥川が夏目漱石にはげまされて「新小説」に「芋粥」、「中央公論」に「手巾」を発表したことについて、こう書いている。

「しかし、そのことは同時に、第四次「新思潮」に拠った他の同人たち、久米正雄、松岡讓、菊池寛、成瀬正一など一高以来のクラスメート連の熾烈な競争心、嫉妬心のただなかに立たされることでもあった。龍之介としては、生涯心の休まるときのない彼らとの闘争の、これが序章だったのである」

このような人間関係に比べ、「田端文士村」における人間関係のなかでは、芥川は幸せであった。それというのも、「芥川は田端の王様であった」からだが、芥川が「王様」でいられたのは、彼の「霊能者に等しい直観力」のお陰でもあった。

本書は、そのことを多くのエピソードをまじえて生き生きと描き、芥川が自殺することになったのは、芥川が「あまりにも多くの顔をもちすぎ」、「菊池、久米など『新思潮』以来のライバル作家たちに対する顔」と「田端文士村」の人たちに対する顔との「懸隔のはげしさ」に疲れたことも一つの要因になったのではないかと推測している。

こういう推測が成り立つのも、本書が「田端の王様」としての芥川の魅力を存分に描ききっているからである。そして、本書では資料だけに頼らず、かつての芥川邸の跡に住む人に取材して、芥川家の台所へ行く通用門やポストは、「現主人の武田良一さんが、芥川を記念して往時のままに保存している」といった事実をさり気なく紹介して叙述に厚みをもたせており、この点も、本書のすぐれた特色の一つといえよう。

このような取材による事実発掘の例としては、他にも第五章「作家たち」において、瀧井孝作が志賀直哉の転居のあとを追い田端を去ったのは、芥川が「君の作風はぼくより志賀さんの方があっているから」とすすめて行かしたからだという説について瀧井に直接取材し、この説が誤りであることを確かめたくだりがある。この部分で著者は、むしろ瀧井が何度も自分の住んでいる「奈良へ芥川を呼んで住まわせたい」と考えていたという事実を明らかにしているが、こうした事実は、書かれた資料だけでは、絶対、知ることの出来ないものであり、文壇史に修正を迫る重さをもっている。その意味で、この『田端文士村』は芥川龍之介に対してだけでなく、文壇史の断面にも新しい光をあてた本といってよいだろう。

年譜

明治二十一年（一八八八）
四月、田端、中里、上中里、西ヶ原、滝野川の五ヵ村合併、村名を滝野川とする。

明治二十九年（一八九六）
四月一日、田端駅、日本鉄道株式会社の一駅として営業をはじめる。

明治三十四年（一九〇一）＝二十世紀はじまる
小杉未醒、田端八百屋離れで自炊生活。

明治三十六年（一九〇三）
四月一日、田端―池袋間豊島線開通する。
十一月三日、板谷波山、田端五一二番地に来り、住居と工房を開く。

明治三十七年（一九〇四）
日露戦争はじまる。

明治三十九年（一九〇六）
波山初窯を焼く、作品を波山焼とよぶ。

明治四十年（一九〇七）
五月、山本鼎、小杉未醒ら美術雑誌「方寸」創刊。
小杉未醒、田端一五五番地へ移る。
十月二十五日、文展創設。
下島勲、田端三四八番地に楽天堂医院を開業。

明治四十一年（一九〇八）
天然自笑軒の宮崎直次郎、田端三四三番地に移る。
ポプラ倶楽部開設。

明治四十二年（一九〇九）
八月、香取秀真、田端四三三番地に工房と家を築く。
九月二十六日、滝野川第一尋常小学校設立、全児童数二八五名。
十二月十六日、山手線、品川―田端間、池袋―赤羽間開通。

明治四十三年（一九一〇）
五月二十五日、大逆事件おこる。

北原大輔、田端三三五番地に住まう。

明治四十四年（一九一一）

九月、平塚らいてう「青鞜」創刊。

明治四十五年、大正元年（一九一二）

実業家鹿島龍蔵、田端六五〇番地に来る。

七月、山本鼎渡仏〔大正五年十二月三十日帰国〕

大正二年（一九一三）

九月二日、岡倉天心逝く。

小杉未醒、ヨーロッパ旅行〔翌年帰国〕

大正三年（一九一四）

三月二十日、東京上野公園にて東京大正博覧会開催〔七月三十一日まで〕

五月八日、ポプラ、天狗倶楽部合同で関西へ遠征、各地で野球、テニス試合を行なう。

七月二十八日、第一次世界大戦はじまる。

九月二日、横山大観、日本美術院再興。未醒、洋画部を主宰。

十月末、芥川道章、龍之介一家、田端四三五番地に新築入居。

洋画家田辺至、田端一〇〇番地に新居を築く。

大正四年（一九一五）
広瀬雄、田端五二三番地に新築入居。

大正五年（一九一六）

二月、芥川龍之介、久米正雄・松岡譲・成瀬正一・菊池寛らとともに第四次「新思潮」を発刊、創刊号に「鼻」を発表、漱石から激賞をうける。

六月、室生犀星、萩原朔太郎「感情」創刊。

七月、室生犀星、田端一六三番地沢田方に下宿（1）。「感情詩社」もここに移る。

九月、佐藤春夫、谷崎潤一郎、犀星を田端へはじめて訪う。

九月、芥川龍之介「新小説」に「芋粥」を発表。

十二月九日、夏目漱石死す。

十二月、芥川、横須賀の海軍機関学校嘱託教官となり、鎌倉に下宿。

大正六年（一九一七）
二月、朔太郎、第一詩集『月に吠える』刊行。
五月、龍之介、第一創作集『羅生門』を阿蘭陀書房より出版。
六月、北原白秋、本郷区動坂町三六四番地に移る。
七月、佐藤春夫、動坂町九二番地に移る。
八月一日、山本鼎、田端五〇〇番地に移る。
香取秀真、田端四三三番地から四三八番地へ移る。

大正七年（一九一八）

一月、室生犀星『愛の詩集』を処女出版。

二月二日、芥川龍之介、塚本文子と結婚、自笑軒で披露宴。

二月十三日、室生犀星、浅川とみ子と結婚。

二月二十一日、村山槐多死す。

春、世界的インフルエンザ、スペイン風邪がわが国にも流行〔翌春までに死者十五万人〕。

十一月、第一次世界大戦終る。

平塚らいてう田端へ住まう〔約五年間在住〕。

大正八年（一九一九）

四月、龍之介、鎌倉からもどり、書斎を「我鬼窟」とし、日曜を面会日に定めた。このころ芥川、香取、小杉、鹿島、北原らの交際はじまる。

五月二十五日、早稲田の現役選手対ＯＢおよびポプラ連合軍テニス試合、現役組負ける。

八月、室生犀星「幼年時代」発表。

十月、室生犀星、田端五七一番地に転居（2）。

十一月、小穴隆一、田端へ下宿。

平木二六、田端六二一番地に来て、山羊を飼う。

このころから「道閑会」はじまる。

大正九年（一九二〇）
院展洋画部から小杉未醒ら連袂脱退。

大正十年（一九二一）
三月、室生犀星、田端五七一番地から五二三番地へ移り（3）、あとに瀧井孝作入る。
平木二六、犀星の門に入る。
芥川龍之介、中国旅行出発〔七月末帰国〕。
春、ポプラ倶楽部これまでの軟式テニスを捨て硬式テニスに移る。

大正十一年（一九二二）
一月十四日、春陽会創立。
二月、瀧井孝作の妻りん死す。
四月、瀧井孝作、我孫子町に転居。
六月、室生犀星長男豹太郎死す。大龍寺で葬儀。
秋、小穴隆一の描く芥川龍之介の肖像「白衣」が二科展に出品される。

大正十二年（一九二三）
五月、堀辰雄、室生犀星をはじめて訪れる。
六月九日、有島武郎、波多野秋子と心中。
九月一日、関東大震災おこる。死者九万一八〇二人、行方不明四万二二五七人。

十月一日、室生犀星、金沢へひきあげ、そのあとである田端五二三番地に菊池寛、二ヵ月住まう。

大正十三年（一九二四）

四月、中野重治、帝大入学して上京、神明町三六三番地青池方に住む。

大正十四年（一九二五）

一月、室生犀星、上京し田端六一三番地に仮寓（4）。

二月、犀星、田端六〇八番地に移り（5）、家族を迎える。

四月、犀星、田端五二三番地に帰る。このころ犀星のもとへ中野重治、窪川鶴次郎、堀辰雄、西沢隆二、宮木喜久雄など来訪す。

四月二十二日、治安維持法公布される。

四月、萩原朔太郎、田端三一一番地に住む〔十一月まで〕。

七月十二日、東京放送局芝愛宕山から本放送開始、聴取契約者東京一三万一三七三名。

八月、萩原朔太郎『純情小曲集』出版。

十月、土屋文明、田端に住む〔翌夏まで〕。

秋、堀辰雄、田端の下宿紅葉館に入る。

十二月八日、大龍寺で初めて暮鳥忌ひらく。

小杉未醒、東大安田講堂壁画制作。

大正十五年、昭和元年（一九二六）

一月十九日、共同印刷職工二三〇〇人罷業、六〇日の大争議。

一月、田島いね子、両親、長女葉子とともに田端に住む〔三月からカフェー紅緑につとめる〕。

三月、下島勲養女行枝死す。

四月一日、「驢馬」創刊〔昭和三年五月まで、十二号発行〕。

七月、窪川鶴次郎、田島いね子と同棲。

昭和二年（一九二七）
二月、このころ山田順子、田端に住む。
七月二十四日、未明、芥川龍之介自殺。
帝展第四部（工芸）開設、板谷波山、香取秀真審査員となる。

昭和三年（一九二八）
二月、窪川いね子「キャラメル工場から」を「プロレタリア芸術」に発表。
三月、室生犀星、田端を引き払い、軽井沢へ出発。
十一月、中旬、犀星、金沢から大森谷中一〇七七番地に移る。

昭和四年（一九二九）
春、小林秀雄、小杉未醒の隣家に住む〔以後二年〕、「様々な意匠」が「改造」に入選。

九月、板谷波山、香取秀真、帝国美術院会員となる。
小杉未醒中国旅行、この時より放庵と号を改める。

主要参考資料

第一章関係

『新修北区史』　北区役所　昭和四十六年三月
『創立六十周年記年誌』　滝野川第一小学校　昭和四十四年十月
沢寿次『山手線物語』　日本交通公社　昭和四十六年十二月
『駅のあゆみ』　田端駅　昭和四十五年
『近代日本総合年表』　岩波書店　昭和四十三年十一月
森口多里『美術五十年史』　鱒書房　昭和十八年六月
伝記編纂委員会『板谷波山伝』　茨城県　昭和四十二年三月
『造形』59号（特集吉田三郎）造形同人会　昭和三十五年十月
室生犀星『自叙伝全集・室生犀星』　文潮社　昭和二十四年六月

第二章関係

『奥の細道画冊』（放庵人と芸術）　春陽堂　昭和四十七年九月
木村重夫『小杉放庵』　造形社　昭和三十五年十一月
小杉放庵『帰去来』　洗心書林　昭和二十三年四月

小杉放庵『工房小閑』　竹村書房　昭和九年八月
小杉放庵『放庵歌集』　竹村書房　昭和八年十二月
久保圭之助『ポプラ六十年』ポプラ倶楽部　昭和四十一年四月
針重敬喜『テニスの人々』（非売品）昭和四十三年八月
『室生犀星全集』第六巻・第十二巻　新潮社　昭和四十一年十二月
室生犀星『随筆・女ひと』新潮文庫　昭和三十九年一月
『芥川龍之介全集』第六巻　筑摩書房　昭和四十年一月
山越脩『山本鼎の手紙』上田市教育委員会　昭和四十六年十月
田中穣『日本洋画の人脈』新潮社　昭和四十七年九月
『村山槐多全集』　弥生書房　昭和三十八年十月
竹田道太郎『日本近代美術史』近藤出版社　昭和四十四年十月
小崎軍司『山本鼎と倉田白羊』　上田小県資料刊行会　昭和四十二年八月

第三章関係

葛巻義敏『芥川龍之介』（日本文学アルバム６）筑摩書房　昭和二十九年十二月
『芥川龍之介全集』第七巻・第八巻・別巻　筑摩書房　昭和四十六年十一月
森本修『新考・芥川龍之介伝』北沢図書出版　昭和四十六年十一月

第四章関係

新保千代子『室生犀星』 角川書店 昭和三十七年十二月
窪川鶴次郎『東京の散歩道』 社会思想社 昭和三十九年八月
室生犀星『結婚者の手記』 新潮社 大正九年三月
室生犀星『弄獅子』 有光社 昭和十一年六月
平木二六『出会いの坂』『室生犀星作品集』月報第二号 新潮社 昭和三十四年一月
安宅夏夫『愛の狩人室生犀星』 社会思想社 昭和四十八年三月
桑原住雄『東京美術散歩』 角川書店 昭和三十九年四月
小倉忠夫『長谷川利行』（日本の名画40） 講談社 昭和四十八年十一月
高階秀爾『佐伯祐三』（日本の名画42） 講談社 昭和四十七年十月

第五章関係

『瀧井孝作集』（日本文学全集36） 集英社 昭和四十二年十月
瀧井孝作『俳人仲間』 新潮社 昭和四十八年十月
瀧井孝作『山茶花』 大和書房 昭和五十年六月
『芥川龍之介全集』 第五巻 筑摩書房 昭和三十九年十二月
佐藤春夫『わが龍之介像』 有信堂 昭和三十四年九月
宇野浩二『芥川龍之介』（筑摩叢書88） 昭和四十二年八月
『室生犀星全集』 別巻二 新潮社 昭和四十三年一月
室生犀星『蜜のあはれ』 新潮社 昭和三十四年十月

第六章関係
香取秀真『天之真榊』 学芸書院 昭和十一年四月
『還暦以後』 香取秀真先生古稀記念会 昭和二十二年二月
『香取秀真全歌集』 中央公論社 昭和三十一年四月

第七章関係
『春陽会図録』(一九三六) 春陽会図録刊行会 昭和十一年四月
『芥川龍之介全集』第四巻 新潮社 昭和三十九年十一月
下島勲『人犬墨』 竹村書房 昭和十一年八月
戸板康二『久保田万太郎』 文藝春秋社 昭和四十二年十一月
太田青丘『太田水穂』 桜楓社 昭和四十一年十月
岩田専太郎『わが半生の記』 家の光協会 昭和四十七年九月

第八章関係
下島勲『富岡鉄斎その他』 興文社 昭和十五年十二月
下島勲『句集・薇《ぜんまい》』 興文社 昭和十五年五月
小穴隆一『鯨のお詣り』 中央公論社 昭和十五年十月
小穴隆一『白いたんぽぽ』 日本出版協同 昭和二十九年四月
小穴隆一『二つの絵』 中央公論社 昭和三十一年二月
室生犀星『青い猿』 春陽堂 昭和七年三月

第九章関係

『文藝春秋三十五年史稿』　文藝春秋新社　昭和三十四年四月
室生犀星『我が愛する詩人の伝記』　中公文庫　昭和四十九年三月
中村真一郎『堀辰雄』（日本文学アルバム）　筑摩書房　昭和二十九年九月
中村真一郎『堀辰雄』（近代文学鑑賞講座14）　角川書店　昭和三十三年十月

第十章関係

伊藤信吉『萩原朔太郎』（日本文学アルバム17）　筑摩書房　昭和三十五年五月
『萩原朔太郎詩集』　白凰社　昭和四十五年一月
大岡昇平『中原中也』　角川書店　昭和四十九年一月
長谷川泰子述・村上護編『ゆきてかへらぬ』　講談社　昭和四十九年十月

第十一章関係

「驢馬」（復刻版）　日本近代文学研究所　昭和三十五年十二月
中野重治「むらぎも」（「群像」昭和二十九年一月―七月）講談社
佐多稲子「樹々新緑」（「文藝」昭和十三年五月、六月）改造社
『佐多稲子作品集』15　筑摩書房　昭和三十四年八月
佐多稲子『私の東京地図』　講談社　昭和四十七年二月
佐多稲子「ほんとうの教育者はと問われて」　朝日新聞　昭和四十四年三月二十五日

第十二章関係

芥川文『追想芥川龍之介』　筑摩書房　昭和五十年二月
佐野花子『芥川龍之介の思い出』　短歌新聞社　昭和四十八年十一月
巌谷大四「芥川龍之介読本」（文藝臨時増刊）　河出書房　昭和二十九年十一月
「文藝春秋芥川龍之介追悼号」　文藝春秋社　昭和二年九月
「芥川龍之介」（解釈と鑑賞）　至文堂　昭和三十三年七月
「新しい芥川龍之介像」（解釈と鑑賞）　至文堂　昭和四十九年八月
松村みね子「芥川さんの回想」（「婦人公論」昭和四年七月）中央公論社

付・関係

佐藤霽子『美術』（近代日本女性史6）　鹿島研究所出版会　昭和四十五年七月
平塚らいてう『元始、女性は太陽であった』　大月書店　昭和四十六年九月
野口富士男『徳田秋声伝』　筑摩書房　昭和四十年一月
草柳大蔵「川島芳子」（女性の明治百年44）　東京新聞　昭和四十四年二月四日

インタビュー等（五十音順）

浅賀正治　板谷松樹　小穴美　太田青丘　鹿島次郎　香取正彦　北原正樹　小杉一雄
小杉ちづ子　佐多稲子　芝崎義平　下島連　高見沢潤子　高宮千鶴子　瀧井孝作　武田良一
田辺穣　堆朱楊成　中垣泰子　中野重治　中村ヨシ　新原つる子　平木二六　広瀬淳雄
広瀬たね　宮木喜久雄　宮崎先子　室生朝子　柚木沙弥郎　吉田沢　吉田渉　吉村縫子

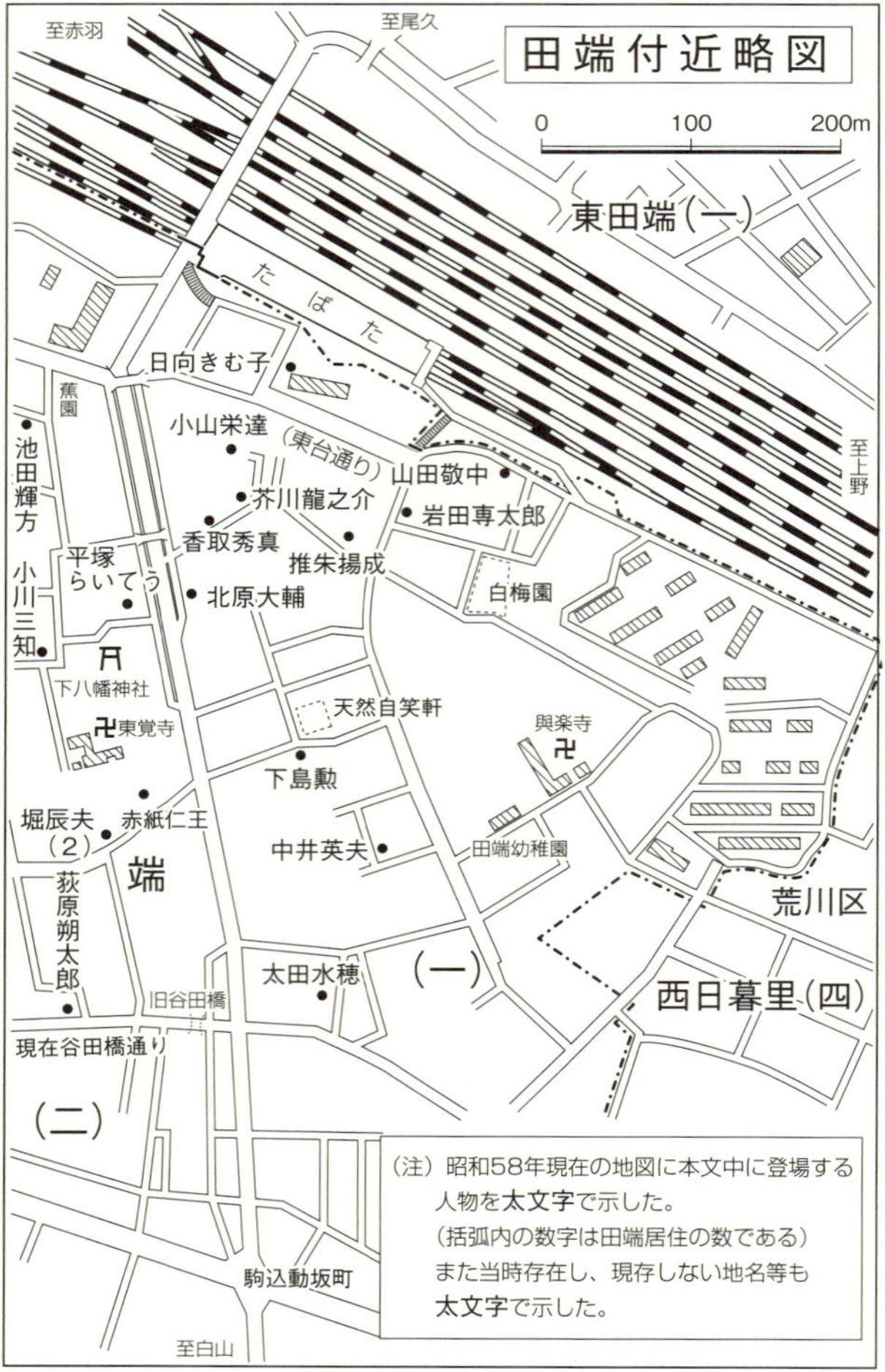
田端付近略図
0
100
200m
至赤羽
至尾久
至上野
至白山
東田端(一)
たばた
日向きむ子
蕉園
池田輝方
小山栄達
(東台通り)
山田敬中
芥川龍之介
岩田専太郎
香取秀真
推朱揚成
平塚らいてう
北原大輔
白梅園
小川三知
下八幡神社
東覚寺
天然自笑軒
与楽寺
下島勲
堀辰夫(2)
赤紙仁王
中井英夫
田端幼稚園
端
萩原朔太郎
荒川区
太田水穂
(一)
西日暮里(四)
旧谷田橋
現在谷田橋通り
(二)
駒込動坂町
(注) 昭和58年現在の地図に本文中に登場する人物を太文字で示した。
(括弧内の数字は田端居住の数である)
また当時存在し、現存しない地名等も太文字で示した。

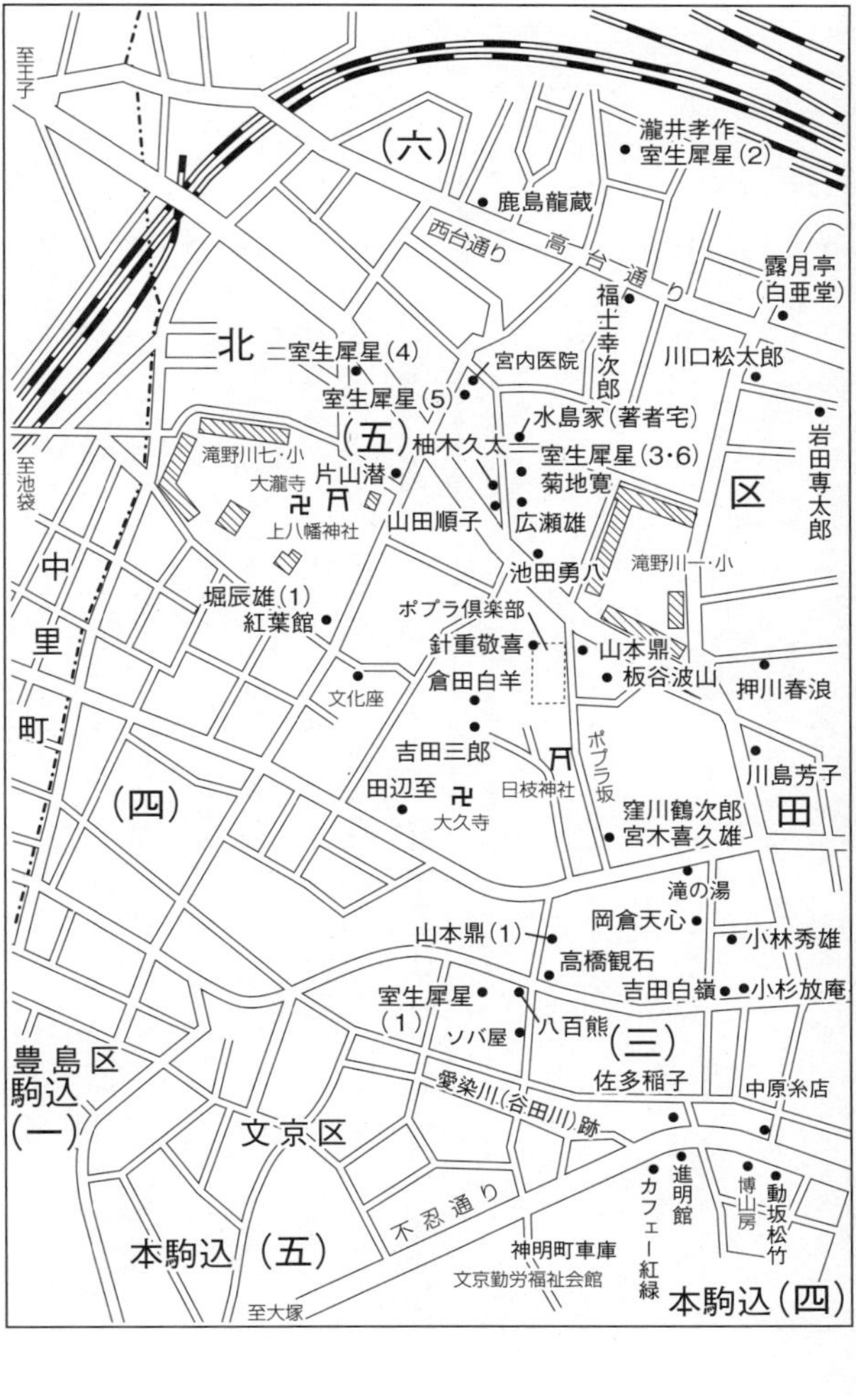
至王子
(六)
瀧井孝作
室生犀星(2)
鹿島龍蔵
西台通り
高台通り
露月亭
(白亜堂)
福士幸次郎
北
室生犀星(4)
宮内医院
川口松太郎
室生犀星(5)
岩田専太郎
水島家(著者宅)
(五)
柚木久太
室生犀星(3・6)
滝野川七・小
片山潜
菊地寛
大瀧寺
区
至池袋
上八幡神社
山田順子
広瀬雄
中
池田勇八
滝野川一・小
堀辰雄(1)
紅葉館
ポプラ倶楽部
里
針重敬喜
山本鼎
板谷波山
押川春浪
文化座
倉田白羊
町
吉田三郎
ポプラ坂
川島芳子
日枝神社
田辺至
(四)
大久寺
窪川鶴次郎
宮木喜久雄
田
滝の湯
岡倉天心
山本鼎(1)
小林秀雄
高橋観石
吉田白嶺
小杉放庵
室生犀星
(1)
八百熊
ソバ屋
(三)
豊島区
駒込
(一)
佐多稲子
中原糸店
愛染川(谷田川)跡
文京区
進明館
カフェー紅緑
博山房
動坂松竹
不忍通り
本駒込(五)
神明町車庫
文京勤労福祉会館
至大塚
本駒込(四)

『田端文士村』昭和五十年九月　講談社刊

中公文庫

田端文士村《たばたぶんしむら》

1983年10月10日　初版発行
2003年12月20日　改版発行
2018年10月30日　改版3刷発行

著　者　近藤《こんどう》 富枝《とみえ》

発行者　松田 陽三

発行所　中央公論新社
〒100-8152　東京都千代田区大手町1-7-1
電話　販売 03-5299-1730　編集 03-5299-1890
URL http://www.chuko.co.jp/

DTP　平面惑星
印　刷　三晃印刷
製　本　小泉製本

Published by CHUOKORON-SHINSHA, INC.
Printed in Japan　ISBN978-4-12-204302-2 C1195

各書目の下段の数字はISBNコードです。978－4－12が省略してあります。

中公文庫既刊より

こ-21-1
本郷菊富士ホテル　近藤富枝
夢二、安吾、宇野浩二、広津和郎らの作家・芸術家たちが止宿し、数多くの名作を生み出した高等下宿の全容を描く大正文学側面史。〈解説〉小松伸六
201017-8

う-3-7
生きて行く私　宇野千代
〝私は自分でも意識せずに、自分の生きたいと思うように生きて来た〟ひたむきに恋をし、ひたすらに前を見つめて歩んだ歳月を率直に綴った鮮烈な自伝。
201867-9

う-3-16
私の文学的回想記　宇野千代
波乱の人生を送った宇野千代。ときに穏やかな友情を結び、またあるときは激しい情念を燃やした文壇人との交流のあり方が生き生きと綴られた一冊。〈解説〉斎藤美奈子
205972-6

せ-1-15
寂聴　今昔物語　瀬戸内寂聴
王朝時代の庶民の生活がいきいきと描かれ、様々な人間のほか妖怪、動物も登場する物語。その面白さを鮮やかな筆致で現代に甦らせた、親しめる一冊。
204021-2

せ-1-6
寂聴　般若心経　生きるとは　瀬戸内寂聴
仏の教えを二六六文字に凝縮した「般若心経」の神髄を自らの半生と重ね合せて説き明かし、生きてゆく心の拠り所をやさしく語りかける、最良の仏教入門。
201843-3

せ-1-8
寂聴　観音経　愛とは　瀬戸内寂聴
日本人の心に深く親しまれている観音さま。人生の悩みと苦難を全て救って下さると説く観音経を、自らの人生体験に重ねた易しい語りかけで解説する。
202084-9

せ-1-9
花に問え　瀬戸内寂聴
孤独と漂泊に生きた一遍上人の俤を追いつつ、男女の愛執からの無限の自由を求める京の若女将・美緒の心の旅。谷崎潤一郎賞受賞作。〈解説〉岩橋邦枝
202153-2

せ-1-12
草筏
瀬戸内寂聴
愛した人たちは逝き、その声のみが耳に親しい――。一方血縁につながる若者の生命のみずみずしさ。自らの愛と生を深く見つめる長篇。〈解説〉林真理子
203081-7

せ-1-16
小説家の内緒話
瀬戸内寂聴
山田詠美
読者から絶大な支持を受け、小説の可能性に挑戦し続ける二人の作家の顔合わせがついに実現。「私小説」「死」「女と男」について、縦横に語りあう。
204471-5

せ-1-17
寂聴の美しいお経
瀬戸内寂聴
疲れたとき、孤独で泣きたいとき、幸福に心弾むとき……どんなときも心にしみいる、美しい言葉の数々。声に出して口ずさみ、心おだやかになりますように。
205414-1

せ-1-18
日本を、信じる
瀬戸内寂聴
ドナルド・キーン
ともに九十歳を迎える二人が、東日本大震災で感じた日本人の底力、残された者たちの生きる意味、さらには自らの「老い」や「死」について、縦横に語り合う。
206086-9

た-28-12
道頓堀の雨に別れて以来なり 川柳作家・岸本水府とその時代(上)
田辺聖子
大阪の川柳結社「番傘」を率いた岸本水府と川柳に生涯を賭けた盟友たち……上巻は、若き水府と、柳友たちとの出会い、「番傘」創刊、大正柳壇の展望まで。
203709-0

た-28-13
道頓堀の雨に別れて以来なり 川柳作家・岸本水府とその時代(中)
田辺聖子
川柳への深い造詣と敬愛で、その豊醇・肥沃な文学的魅力を描き尽す伝記巨篇。中巻は、革新川柳の台頭、水府の広告マンとしての活躍、「番傘」作家銘々伝。
203727-4

た-28-14
道頓堀の雨に別れて以来なり 川柳作家・岸本水府とその時代(下)
田辺聖子
川柳を通して描く、明治・大正・昭和のひとびとの足跡。川柳への深い造詣と敬愛でその豊醇、肥沃な文学的魅力を描く、著者渾身のライフワーク完結。
203741-0

た-28-15
ひよこのひとりごと 残るたのしみ
田辺聖子
他人はエライが自分もエライ。人生はその日その日の出来心――七十を迎えた「人生の達人」おせいさんが、年を重ねる愉しさ、味わい深さを綴るエッセイ集。
205174-4

各書目の下段の数字はＩＳＢＮコードです。978－4－12が省略してあります。

た-28-18
隼別《はやぶさわけ》王子の叛乱
田辺聖子
ヤマトの大王の想われびと女鳥姫と恋におちた隼別王子は大王の宮殿を襲う。「古事記」を舞台に描く恋と陰謀と幻想渦巻く濃密な物語。〈解説〉永田　萠
206362-4

さ-18-7
男の背中、女のお尻
佐藤愛子
田辺聖子
女の浮気に男の嫉妬、人のかわいげなどを自在に語り合い、男の本質、女の本音を鋭く突いた抱腹絶倒の対談集。中山あい子、野坂昭如との鼎談も収録する。
206573-4

ま-17-9
文章読本
丸谷才一
当代の最適任者が多彩な名文を実例に引きながら文章の本質を明かし、作文のコツを具体的に説く。最も正統的で実際的な文章読本。〈解説〉大野　晋
202466-3

み-9-6
太陽と鉄
三島由紀夫
三島ミスチシズムの精髄を明かす表題作。作家として自立するまでを語る「私の遍歴時代」。三島文学の本質を明かす自伝的作品二篇。〈解説〉佐伯彰一
201468-8

み-9-7
文章読本
三島由紀夫
あらゆる様式の文章・技巧の面白さ美しさを、該博な知識と豊富な実例と実作の経験から詳細に解明した万人必読の文章読本。〈解説〉野口武彦
202488-5

し-9-7
三島由紀夫おぼえがき
澁澤龍彦
絶対と相対、生と死、精神と肉体――様々な観念を表裏一体とする激しい二元論に生きた天才三島由紀夫。親しくそして本質的な理解者による論考。
201377-3

ま-17-11
二十世紀を読む
丸谷才一
山崎正和
昭和史と日蓮主義から『ライフ』の女性写真家まで、皇女から匪賊まで、人類史上全く例外的な百年を、大知識人二人が語り合う。〈解説〉鹿島　茂
203552-2

ま-17-12
日本史を読む
丸谷才一
山崎正和
37冊の本を起点に、古代から近代までの流れを語り合う。想像力を駆使して大胆な仮説をたてる、談論風発、実に面白い刺戟的な日本史および日本人論。
203771-7